LES ÉCLAIRS

CHRISTOPHE
ADAM

Conception et réalisation graphique :

JUSTECIEL
CONCEPTION GRAPHIQUE

Connectez-vous sur :
www.editionsdelamartiniere.fr

ISBN : 978-2-7324-7043-6

WORKSHOP

LES ÉCLAIRS

Photographies
RINA NURRA

Rédaction
MARIE VENDITTELLI

CHRISTOPHE
ADAM

Éditions
de La Martinière

Vous pourriez penser que je réalise encore une fois un ouvrage sur les éclairs, ce n'est pas faux, mais cette fois-ci, c'est comme si j'étais à vos côtés pour un cours privé, dans votre cuisine...

Ce n'est plus un secret pour vous, l'éclair est un exercice de style que je pratique depuis plus de douze ans, et c'est pour moi une gourmandise qui permet de conjuguer fruits, saveurs et textures... afin d'exprimer sans limite sa créativité.

Plus de 20 recettes inventives complétées d'une quinzaine de recettes de base, avec ça, je vous assure que vous pourrez faire plaisir aux plus petits comme aux plus grands !

Avec ce livre, vous aller apprendre toutes les bases afin d'être à l'aise pour réaliser, puis créer vous-même vos propres recettes.

Un seul mot, soyez pragmatique et créatif, et la réussite de votre éclair chic ou décalé sera au rendez-vous...

Christophe Adam

SOMMAIRE

LISTE DES USTENSILES

1 casserole

1 passoire à grosses mailles

1 passette

1 mixeur plongeant

1 raclette

1 cul-de-poule

1 fouet

1 balance

1 gros pinceau rond

1 pinceau plat

1 Maryse

1 cuillère en bois

1 poche et des douilles (lisses et cannelées)

1 spatule plate

1 ou 2 couteaux pointus

1 brosse à dents

1 râpe

1 rouleau à pâtisserie

1 tapis en silicone

SOEHNLE
TARE
ON
OFF

POUR DES ÉCLAIRS GÉNÉREUX ET GOURMANDS

Créer des éclairs est un exercice de style qui demande un savoir-faire particulier. Il existe cependant quelques règles simples qui vous permettront de réussir vos créations à tous les coups !

CONSEILS DE BASE

Lorsque vous commencez la recette, préparez tous les ingrédients dont vous aurez besoin, puis lisez attentivement les pas à pas.

Pensez à toujours mixer votre glaçage après l'avoir réchauffé à l'aide d'un mixeur plongeant. Cela permet d'enlever les bulles d'air et de le rendre lisse et brillant.

N'hésitez pas à les relire plusieurs fois afin d'être certain d'avoir compris toutes les étapes. Attention, la plupart des crèmes et des glaçages doivent être réalisés la veille !

LES INGRÉDIENTS

Procurez-vous, bien sûr, des ingrédients de très bonne qualité.

Vous pouvez évidemment acheter les produits frais chez vos commerçants préférés ; pour le reste, n'hésitez pas à vous fournir sur les sites spécialisés.

Veillez à toujours utiliser des produits laitiers entiers, sinon la crème ne prendra pas.

Lorsque vous devez incorporer du colorant, préférez sa version en poudre : la couleur sera plus franche et cela vous évitera d'introduire du liquide dans le glaçage, ce qui pourrait altérer sa texture. Cependant, si vous avez seulement du colorant liquide et que vous n'en mettez que quelques gouttes, le résultat sera tout aussi parfait.

En général, mieux vaut utiliser de la gélatine en poudre, mais vous pouvez bien sûr la remplacer par sa version en feuille, en veillant simplement à ce que celle-ci fasse exactement le poids indiqué dans la recette.

LE MATÉRIEL

La réalisation des éclairs n'implique pas l'utilisation d'un grand nombre d'ustensiles, mais certains sont obligatoires (voir page 10).

Afin d'assurer une cuisson parfaite, pochez vos éclairs avec une douille cannelée à choisir en fonction de la taille des éclairs (voir pages 10-11).

Pour faciliter les manipulations et éviter trop de lavage, pochez la crème avec des poches en plastique jetables ; elles vous permettront, par ailleurs, de réaliser un trou de la taille de votre choix (petit pour fourrer les éclairs par les trous réalisés sur leur base, plus gros pour les autres types de fourrage).

LA CONSERVATION

La pâte à choux se conserve très bien au congélateur. Vous pouvez donc en réaliser une grande quantité et en congeler une partie.

Le glaçage peut se conserver deux semaines au réfrigérateur (filmez-le au contact).

Tous les décors au chocolat peuvent être réalisés plusieurs jours à l'avance, conservés dans un endroit sec.

Quant aux éclairs, mieux vaut les déguster le jour même, mais vous pouvez sans problème attendre jusqu'au lendemain.

POUR TOUS LES GOÛTS...

Si vous le souhaitez, n'hésitez pas à varier les couleurs ou les décors en fonction de votre imagination.

Vous pouvez aussi donner du goût à votre glaçage en y incorporant quelques gouttes de l'arôme de votre choix.

Puisqu'il se conserve sans problème, pensez à préparer du glaçage neutre que vous pourrez colorer ou aromatiser à votre guise au fil de vos réalisations.

RECETTES DE BASE

RECETTES DE BASE

PÂTE À CHOUX

INGRÉDIENTS POUR 10 ÉCLAIRS

① LA PÂTE À CHOUX

② LA PÂTE COLORÉE

③ LA CUISSON DES ÉCLAIRS

① LA PÂTE À CHOUX

16 CL D'EAU

160 CL DE LAIT ENTIER

3 G DE SUCRE

160 G DE BEURRE EN PETITS MORCEAUX

11 G DE FLEUR DE SEL

8 G DE VANILLE LIQUIDE

160 G DE FARINE T55

5 À 8 ŒUFS ENTIERS (280 G)

② LA PÂTE COLORÉE

500 G DE PÂTE À CHOUX

QUELQUES GOUTTES DE COLORANT DE LA COULEUR DÉSIRÉE

TEMPS DE PRÉPARATION : 30 MINUTES

TEMPS DE CUISSON : 30 À 40 MINUTES

**Avec ces ingrédients, vous obtiendrez 500 g de pâte,
soit 10 éclairs individuels ou 20 lunchs ou 30 carolines.**

**Les éclairs individuels doivent être pochés en boudins de 13 cm de longueur et 2,5 cm de largeur ;
les éclairs lunchs en boudins de 6 cm de longueur et 1,5 cm de largeur ;
les éclairs caroline en boudins de 5 cm de longueur et 1 cm de largeur.**

① LA PÂTE À CHOUX

Préchauffez le four à 180 °C.
Préparez une plaque à pâtisserie.

1

2

1 Dans une casserole, réunissez l'eau, le lait, la vanille liquide, le sucre, le beurre et la fleur de sel.

2 Portez à ébullition sur feu moyen.

3 4 5 6 7 Retirez du feu. Ajoutez la farine en une fois, en remuant bien avec une cuillère en bois afin d'éviter la formation de grumeaux.

8

9

8 Lorsque toute la farine est incorporée, remettez la casserole sur feu doux en remuant la pâte avec une spatule, pendant 5 minutes, afin de la « dessécher », c'est-à-dire la rendre homogène, sans excès d'humidité.

9 **10** Dès que la pâte forme une boule compacte, recueillez-la dans un récipient et ajoutez les œufs petit à petit, en mélangeant énergiquement, c'est primordial pour la réussite de la recette.

10

11

11 La pâte doit être lisse et ferme.

② LA PÂTE COLORÉE

Préparez la pâte en suivant les étapes 1 à 11.

1 2 3 4 Incorporez quelques gouttes de colorant dans la pâte, puis mélangez à l'aide d'une Maryse jusqu'à obtention d'une préparation parfaitement homogène.

③ LA CUISSON DES ÉCLAIRS

1 À l'aide d'une raclette ou d'une spatule, prélevez la pâte et remplissez-en une poche munie d'une douille cannelée de 2 cm de diamètre.

2 Sur une plaque à pâtisserie ou un tapis en silicone, dressez la pâte en boudins parallèles, en les espaçant légèrement (les éclairs vont gonfler à la cuisson).

3 **4** Faites cuire au four à 175 °C, 40 minutes (pour les éclairs individuels), 35 minutes (pour les éclairs lunchs) et 30 minutes (pour les éclairs carolines). N'ouvrez surtout pas la porte du four pendant la cuisson, sinon les éclairs s'effondreraient. En revanche, lorsque les éclairs sont gonflés, ouvrez la porte du four de 1 cm afin que la buée s'échappe et que les éclairs ne craquent pas.

ÉCLAIRS CRAQUELINS

INGRÉDIENTS POUR 10 ÉCLAIRS

① LE CRAQUELIN
② LA PÂTE À CHOUX
③ LE MONTAGE ET LA CUISSON

① LE CRAQUELIN

80 G DE BEURRE RAMOLLI
100 G DE CASSONADE
100 G DE FARINE T55, TAMISÉE

② LA PÂTE À CHOUX

VOIR INGRÉDIENTS ET RECETTE PAGE 20

1 ROULEAU À PÂTISSERIE
1 SPATULE PLATE
1 RÈGLE

TEMPS DE PRÉPARATION : 30 MINUTES
TEMPS DE CUISSON : 40 MINUTES

① LE CRAQUELIN

1

1 Mélangez le beurre en morceaux et la cassonade.

2 3 Ajoutez la farine et incorporez-la à la pâte, sans trop la travailler, jusqu'à ce que le mélange soit homogène.

Mettez la pâte enveloppée de film alimentaire à durcir pendant au moins 2 heures au réfrigérateur.

2

3

4

4 Posez la pâte entre 2 feuilles de papier sulfurisé, étalez-la au rouleau à pâtisserie sur 2 mm d'épaisseur.

Laissez durcir 1 heure au réfrigérateur.

5 **6** Ôtez la feuille du dessus puis, à l'aide d'un couteau, tranchez la pâte en bandes tous les 2,5 cm. Faites de même perpendiculairement afin d'obtenir des carrés de pâte. Remettez le tout au réfrigérateur.

S'il vous reste des carrés de pâte, vous pouvez les conserver au réfrigérateur dans une boîte hermétique pendant quelques jours.

5

6

② LA PÂTE À CHOUX

Préparez la pâte en suivant les étapes 1 à 11 pages 21 à 23.

③ LE MONTAGE ET LA CUISSON

À l'aide d'une raclette ou d'une spatule, prélevez la pâte à choux et remplissez-en une poche munie d'une douille lisse de 1 cm de diamètre.

1

2

1 Sur une plaque à pâtisserie graissée (avec du beurre ou de l'huile) ou un tapis en silicone, dressez des bandes de pâte parallèles formées de 4 petites boules d'environ 2,5 cm de diamètre, se touchant légèrement les unes les autres. Espacez chaque éclair (ils vont gonfler à la cuisson).

2 À l'aide d'une spatule ou d'un couteau, prélevez un carré de craquelin et déposez-le délicatement sur l'une des petites boules de pâte. Faites de même sur chaque boule.

Faites cuire les éclairs au four à 175 °C pendant 45 minutes.

COQUE DÉCORÉE

INGRÉDIENTS POUR 10 ÉCLAIRS

① LES GABARITS

② LA RÉALISATION

① LES GABARITS

1 FEUILLE DE PAPIER CARTONNÉ

QUELQUES FEUILLES DE PLASTIQUE IMPRIMÉ SPÉCIAL DÉCOR CHOCOLAT

② LA RÉALISATION

600 G DE PISTOLES DE CHOCOLAT NOIR (60 % DE CACAO)

1 MIXEUR PLONGEANT

1 PINCEAU PLAT, LARGE

1 PALETTE COUDÉE

1 MOULE À TUILES

TEMPS DE PRÉPARATION : 1 HEURE

① LES GABARITS

1 Dans la feuille de papier cartonné, découpez un gabarit de la taille des éclairs (longueur et largeur) puis, à l'aide de ce gabarit, découpez des formes dans les feuilles de plastique imprimé. Réalisez autant de formes que vous avez d'éclairs à décorer.

② LA RÉALISATION

Faites fondre 400 g de chocolat au bain-marie à feu doux.

1 Lorsque le chocolat est fondu, ajoutez le reste des pistoles. Mélangez jusqu'à ce que tout le chocolat soit fondu.

2 Mixez afin d'obtenir une préparation lisse et homogène.

3

4

5

3 4 5 Déposez les plaques de plastique découpées sur le plan de travail, face imprimée vers le haut. Trempez la spatule dans le chocolat, puis faites couler ce dernier sur la plaque. À l'aide d'une palette coudée, étalez uniformément le chocolat afin qu'il recouvre parfaitement la plaque imprimée ; n'hésitez pas à déborder légèrement sur les côtés.

6 **7** Lorsque le chocolat a légèrement refroidi, soulevez la plaque à l'aide d'un couteau, puis placez-la dans un moule à tuiles.

8 Mettez le tout au réfrigérateur et laissez durcir au moins 10 minutes avant de démouler les coques.

9 **10** Retirez la pellicule plastique qui maintenait le décor avant de déposer les coques sur les éclairs.

DÉCOR CHOCOLAT

INGRÉDIENTS POUR 10 ÉCLAIRS

① LES GABARITS

② LA RÉALISATION

① LES GABARITS

1 FEUILLE DE PAPIER

1 FEUILLE DE PLASTIQUE ÉPAIS

1 FEUTRE INDÉLÉBILE

1 CUTTER

1 POCHE À DOUILLE EN PLASTIQUE

1 MIXEUR PLONGEANT

② LA RÉALISATION

300 G DE CHOCOLAT AU LAIT JIVARA (VALRHONA®)

TEMPS DE PRÉPARATION : 45 MINUTES

① LES GABARITS

1 Dans la feuille de papier, découpez un gabarit de la taille des éclairs (longueur et largeur). Reportez ce gabarit autant de fois que vous le pouvez sur la feuille de plastique. Dessinez les contours du gabarit au feutre indélébile, puis découpez les formes à l'aide d'un cutter.

② LA RÉALISATION

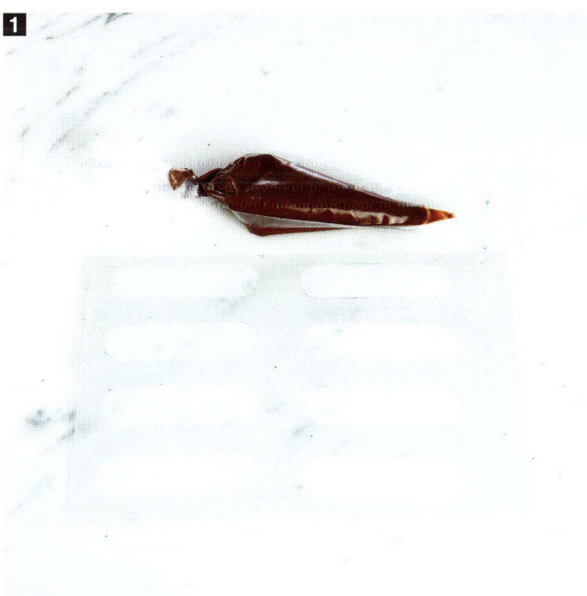

1 Faites fondre au bain-marie à feu doux 200 g de chocolat. Lorsque le chocolat atteint 40 °C, ajoutez les 100 g restants. Mélangez, puis mixez. Garnissez une poche à douille de cette préparation. Coupez l'extrémité de la poche de manière à ne laisser passer qu'un fin filet de chocolat.

2 Posez le gabarit évidé sur une feuille plastique ou un tapis en silicone ; à l'aide de la poche, dessinez des zigzags de chocolat, sur toute la longueur et la largeur de chaque forme. N'hésitez pas à dépasser un peu sur les côtés.

3

4

5

3 4 5 Dès que votre décor est finalisé (il ne faut pas attendre qu'il durcisse) soulevez délicatement le gabarit, il ne reste que le décor de la taille des éclairs. Placez au réfrigérateur pendant 30 minutes.

6

7

6 7 Soulevez délicatement le décor chocolat, posez-le doucement sur le glaçage de l'éclair de votre choix.

LE FOURRAGE DES ÉCLAIRS

1

1 **2** En vous aidant de l'extrémité d'une douille lisse de 0,5 cm de diamètre, faites des trous sur la base des éclairs.

2

3

4

5

3 4 5 À l'aide d'une Maryse, garnissez une poche de crème.

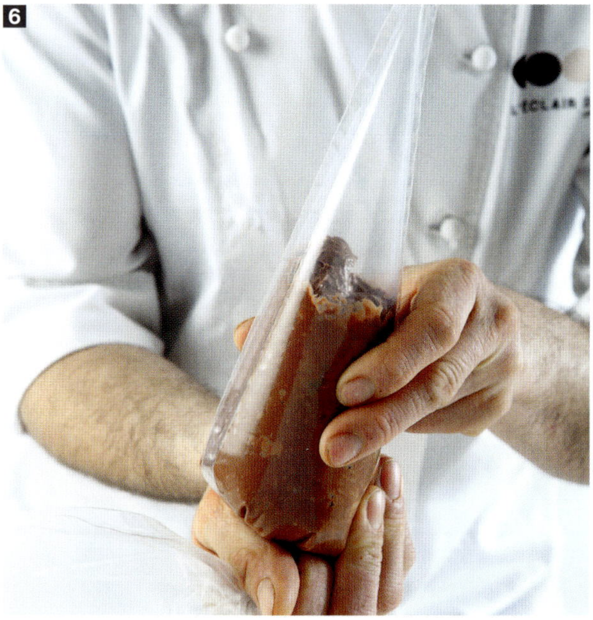

6 Fermez le revers de la poche en le tournant sur lui-même. Plus vous tournerez, plus vous ferez avancer la pâte vers l'extrémité de la poche.

7 Lorsque la pâte est descendue assez bas dans la poche, coupez son extrémité.

8 **9** Remplissez chaque éclair, en insérant un peu de crème dans chacun des différents trous. Pour garantir un garnissage parfait, lorsque vous remplissez l'éclair par le deuxième trou, vous devez voir un peu de crème sortir du premier trou, et ainsi de suite.

10

11

10 11 À l’aide d’un petit couteau, lissez le surplus de crème qui dépasse des trous.

LES ÉCLAIRS

LES ÉCLAIRS

ÉCLAIRS ABRICOT

INGRÉDIENTS POUR 10 ÉCLAIRS

① LE CRÉMEUX ABRICOT
② LE GLAÇAGE ABRICOT
③ LA PÂTE À CHOUX
④ LE DÉCOR
⑤ LE MONTAGE

① LE CRÉMEUX ABRICOT

4 G DE GÉLATINE EN POUDRE + 24 G D'EAU FROIDE
130 G D'ABRICOTS SECS MOELLEUX
85 G DE CRÈME LIQUIDE ENTIÈRE
160 G DE LAIT ENTIER
160 G DE PURÉE D'ABRICOTS
30 G DE SUCRE
5 JAUNES D'ŒUFS

② LE GLAÇAGE ABRICOT

6 G DE GÉLATINE EN POUDRE + 36 G D'EAU FROIDE
150 G DE CRÈME LIQUIDE ENTIÈRE
60 G DE GLUCOSE
180 G DE CHOCOLAT BLANC (VALRHONA®)
180 G DE PÂTE À GLACER BLANCHE
QUELQUES GOUTTES DE COLORANT ORANGE

③ LA PÂTE À CHOUX

250 G DE PÂTE À CHOUX (VOIR RECETTE PAGE 20)

④ LE DÉCOR

POUDRE SCINTILLANTE RUBIS

1 MIXEUR PLONGEANT
1 THERMOMÈTRE DE CUISSON
1 PASSETTE
1 SOUFFLETTE (UN RÉCIPIENT VIDE MUNI D'UN EMBOUT) OU UNE BROSSE À DENTS

TEMPS DE PRÉPARATION
40 MINUTES (LA VEILLE)
2 HEURES (LE LENDEMAIN))

Préparez le crémeux abricot et le glaçage abricot la veille.

① LE CRÉMEUX ABRICOT

Mettez la gélatine à fondre dans l'eau bien froide. Réservez.

1

1 Coupez les abricots en petits morceaux.

2

2 Portez à ébullition la crème et le lait, puis incorporez les abricots. Laissez gonfler au moins 15 minutes hors du feu.

3

3 Mixez le tout.

4

4 Ajoutez la purée d'abricots.

5 **6** Fouettez le sucre et les jaunes d'œufs, puis incorporez-les à la préparation précédente. Faites cuire sur feu doux, en remuant, jusqu'à atteindre 82 °C et la consistance d'une crème anglaise.

7 Hors du feu, incorporez la gélatine et mixez.

8

9

8 9 10 Filtrez à la passette et débarrassez dans un plat. Filmez la crème au contact et réservez-la au frais.

10

② LE GLAÇAGE ABRICOT

Mettez la gélatine à hydrater dans l'eau bien froide. Réservez.
Faites bouillir la crème avec le glucose, puis incorporez la gélatine.

1 **2** Versez-les sur le mélange chocolat et pâte à glacer légèrement fondus au préalable. Mélangez, puis mixez en ajoutant un peu de colorant jusqu'à obtenir une couleur abricot.

Filmez au contact et réservez au frais jusqu'au lendemain.

③ LA PÂTE À CHOUX

Préparez la pâte à choux et faites cuire les éclairs en suivant les étapes 1 à 11 pages 21 à 23 et 1 à 4 page 25.

④ LE DÉCOR

Versez un peu de poudre scintillante rubis dans un ramequin.

⑤ LE MONTAGE

Percez des trous sur la base des éclairs en vous aidant de l'extrémité d'une douille.

1 Sortez la crème abricot du réfrigérateur et, à l'aide d'une Maryse, garnissez-en la poche à douille. Remplissez chaque éclair, en insérant un peu de crème dans chaque trou. À l'aide d'un petit couteau, lissez le surplus de crème qui dépasse des trous (voir technique page 38).

2 Sortez le glaçage du réfrigérateur et faites-le fondre au bain-marie jusqu'à ce qu'il atteigne 32 °C. Il doit être fluide et lisse.

3 **4** Trempez les éclairs dans le glaçage et retirez le surplus avec le doigt.

5

6

5 6 Prélevez un peu de poudre scintillante avec la pointe d'un couteau, placez celui-ci à l'une des extrémités de chaque éclair et soufflez sur la poudre à l'aide de la soufflette. Pour obtenir un effet moucheté, faites dissoudre un peu de colorant poudre rouge dans une petite quantité d'eau, puis trempez dedans une brosse à dents et frottez ses poils au-dessus de l'éclair jusqu'à atteindre l'effet désiré.

ÉCLAIRS CARAMEL

INGRÉDIENTS POUR 10 ÉCLAIRS

① LA CRÈME CARAMEL
② LA PÂTE À CHOUX
③ LE FONDANT CARAMEL
④ LE DÉCOR
⑤ LE MONTAGE

① LA CRÈME CARAMEL

2 G DE GÉLATINE EN POUDRE + 12 G D'EAU FROIDE
150 G DE CRÈME LIQUIDE ENTIÈRE
3 G DE FLEUR DE SEL
120 G DE SUCRE
75 G DE BEURRE
235 G DE MASCARPONE

② LA PÂTE À CHOUX

250 G DE PÂTE À CHOUX (VOIR RECETTE PAGE 20)

③ LE FONDANT CARAMEL

35 G DE SIROP DE GLUCOSE
50 G DE SUCRE
105 G DE CRÈME LIQUIDE ENTIÈRE
10 G DE BEURRE SALÉ
250 G DE FONDANT

④ LE DÉCOR

100 G DE SUCRE PÉTILLANT ENROBÉ DE CHOCOLAT AU LAIT
QUELQUES PINCÉES DE POUDRE SCINTILLANTE BRONZE

1 MIXEUR PLONGEANT
1 THERMOMÈTRE DE CUISSON

TEMPS DE PRÉPARATION
40 MINUTES (LA VEILLE)
1 HEURE (LE LENDEMAIN)

Préparez la crème caramel la veille.

① LA CRÈME CARAMEL

Mettez la gélatine à fondre dans l'eau bien froide. Réservez.

1

2

1 Mélangez la crème avec la fleur de sel.

2 Faites chauffer la moitié du sucre à sec sur feu moyen, jusqu'à ce qu'il devienne brun, puis ajoutez le reste du sucre.

3

4

3 Quand le caramel a bruni, versez la crème liquide préalablement chauffée sur le caramel et remuez.

4 Ajoutez le beurre et mélangez jusqu'à ce qu'il soit parfaitement fondu.

5 Incorporez alors la gélatine.

6 Mixez le tout afin d'obtenir un mélange parfaitement homogène.

7 Débarrassez dans un petit saladier et laissez refroidir jusqu'à ce que la préparation descende à 45 °C.

8 9 Versez-en la moitié sur le mascarpone et mélangez le tout en soulevant la masse avec une Maryse.

10 11 Lorsque le mélange est bien lisse, incorporez le reste de préparation au caramel et mélangez de nouveau en soulevant le tout plusieurs fois à l'aide de la Maryse.

12 Une fois que la préparation est bien lisse, sans aucun grumeau, filmez au contact et réservez au frais.

② LA PÂTE À CHOUX

Préparez la pâte à choux et faites cuire les éclairs en suivant les étapes 1 à 11 pages 21 à 23 et 1 à 4 page 25.

③ LE FONDANT CARAMEL

1

1 Versez le glucose dans une casserole et mettez-le à chauffer sur feu moyen.

2

3

2 3 Ajoutez le sucre peu à peu, en remuant, jusqu'à réaliser un caramel.

4

5

4 Sur ce caramel, versez la crème que vous aurez préalablement fait tiédir afin d'éviter un choc thermique trop important.

5 Faites chauffer le tout jusqu'à 109 °C.

6

7

6 Ôtez la casserole du feu, ajoutez le beurre salé et le fondant.

7 Mélangez à la cuillère en bois jusqu'à ce que la préparation soit lisse et brillante.

④ LE DÉCOR

Mélangez le sucre pétillant et quelques pincées de poudre scintillante bronze.

⑤ LE MONTAGE

Faites des trous sur la base des éclairs en vous aidant de l'extrémité d'une douille.
Sortez la crème caramel du réfrigérateur et, à l'aide d'une Maryse, garnissez-en la poche à douille.
Remplissez chaque éclair, en insérant un peu de crème dans chaque trou. À l'aide d'un petit couteau, lissez le surplus de crème qui dépasse des trous (voir technique page 38).

1 

2 

3 

1 2 Lorsque le fondant est descendu à 37 °C, trempez dedans chaque éclair et retirez le surplus avec le doigt.

3 Répartissez quelques morceaux de sucre pétillant sur la surface de l'éclair aussitôt, avant que le fondant ne croûte.

ÉCLAIRS CASSIS

INGRÉDIENTS POUR 10 ÉCLAIRS

① LA CRÈME CASSIS
② LE GLAÇAGE VIOLET
③ LA PÂTE À CHOUX
④ LE DÉCOR
⑤ LE MONTAGE

① LA CRÈME CASSIS

4 G DE GÉLATINE EN POUDRE
+ 24 G D'EAU FROIDE

205 G DE PURÉE DE CASSIS

64 G DE SUCRE

210 G DE MASCARPONE

② LE GLAÇAGE VIOLET

6 G DE GÉLATINE EN POUDRE
+ 36 G D'EAU FROIDE

150 G DE CRÈME LIQUIDE ENTIÈRE

60 G DE GLUCOSE

180 G DE CHOCOLAT BLANC (VALRHONA®)

180 G DE PÂTE À GLACER BLANCHE

QUELQUES GOUTTES DE COLORANT VIOLET

③ LA PÂTE À CHOUX

250 G DE PÂTE À CHOUX (VOIR RECETTE PAGE 20)

④ LE DÉCOR

1 PLAQUE DE CHOCOLAT GIANDUJA LAIT NOISETTE

150 G DE SUCRE GLACE

COLORANT VIOLET EN POUDRE

GELÉE DE CASSIS

1 MIXEUR PLONGEANT

1 THERMOMÈTRE DE CUISSON

TEMPS DE PRÉPARATION

40 MINUTES (LA VEILLE)
1 H 30 (LE LENDEMAIN)

Préparez la crème cassis et le glaçage violet la veille.

① LA CRÈME CASSIS

Mettez la gélatine à fondre dans l'eau bien froide. Réservez.

1

2

1 Dans une casserole sur feu moyen, faites chauffer la purée de cassis avec le sucre.

2 Lorsque le mélange atteint 60 °C, sortez la casserole du feu, incorporez la gélatine. Laissez refroidir.

3

4

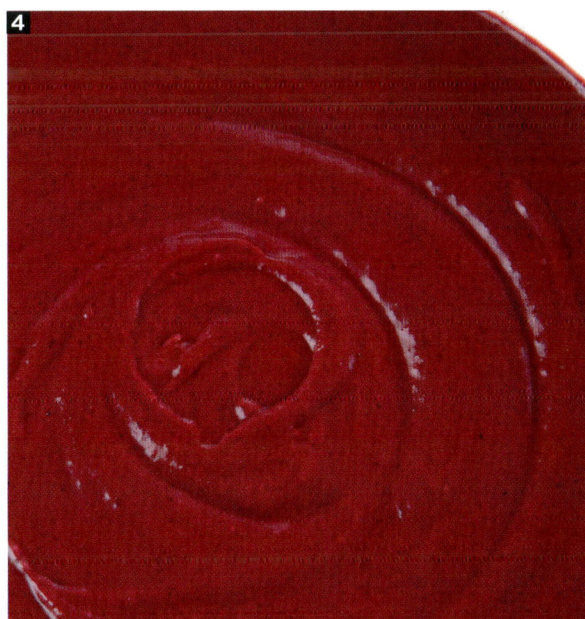

3 **4** Lorsque la préparation est à 47 °C, versez-la en deux fois sur le mascarpone en mélangeant bien avec une Maryse. Dès que la préparation est parfaitement homogène, débarrassez-la dans un plat creux. Filmez au contact et réservez au frais.

② LE GLAÇAGE VIOLET

Mettez la gélatine à fondre dans l'eau bien froide. Réservez. Faites bouillir la crème avec le glucose, puis incorporez la gélatine. Versez sur le mélange chocolat et pâte à glacer préalablement légèrement fondus.

1 2 Mixez en ajoutant peu à peu le colorant jusqu'à obtenir une couleur violette.

Filmez au contact et réservez au frais jusqu'au lendemain.

③ LA PÂTE À CHOUX

Préparez la pâte à choux et faites cuire les éclairs en suivant les étapes 1 à 11 pages 21 à 23 et 1 à 4 page 25.

④ LE DÉCOR

1

2

1 Découpez le chocolat en bâtonnets, puis en cubes.

2 Dans un récipient, mélangez avec un fouet le sucre et un peu de colorant. Ajoutez-en si besoin jusqu'à obtenir du sucre violet.

3

3 Roulez les cubes de chocolat entre vos mains pour former des boules, trempez-les dans le sucre et remuez les afin de parfaitement les enrober.

⑤ LE MONTAGE

Faites des trous sur la base des éclairs en vous aidant de l'extrémité d'une douille.
Sortez la crème cassis du réfrigérateur et, à l'aide d'une Maryse, garnissez-en la poche à douille. Remplissez chaque éclair, en insérant un peu de crème dans chaque trou. À l'aide d'un petit couteau, lissez le surplus de crème qui dépasse des trous (voir technique page 38).

Sortez le glaçage du réfrigérateur et faites-le fondre au bain-marie jusqu'à ce qu'il atteigne 32 °C. Mixez-le. Trempez les éclairs dans le glaçage et retirez le surplus avec le doigt.

1

1 Répartissez 3 boules de chocolat violet sur la surface de chaque éclair.

2

3

2 3 Remplissez une mini-poche de gelée de cassis et déposez-en quelques gouttes sur chaque éclair.

ÉCLAIRS CHOCO COCO

INGRÉDIENTS POUR 10 ÉCLAIRS

① LE GLAÇAGE BLANC
② LA PÂTE À CHOUX
③ LA CRÈME COCO
④ LE MONTAGE

① LE GLAÇAGE BLANC

6 G DE GÉLATINE EN POUDRE + 36 G D'EAU FROIDE

150 G DE CRÈME LIQUIDE ENTIÈRE

60 G DE SIROP DE GLUCOSE

180 G DE PÂTE À GLACER BLANCHE

180 G DE CHOCOLAT BLANC

6 G D'OXYDE DE TITANE (EN PHARMACIE)

② LA PÂTE À CHOUX

250 G DE PÂTE À CHOUX (VOIR RECETTE PAGE 20)

③ LA CRÈME COCO

5 G DE GÉLATINE EN POUDRE + 30 G D'EAU FROIDE

325 G DE LAIT DE COCO

85 G DE CRÈME LIQUIDE ENTIÈRE

60 G DE CHOCOLAT BLANC DE COUVERTURE

④ LE MONTAGE

POUR LE GLAÇAGE AU CHOCOLAT

400 G DE CHOCOLAT AU LAIT

200 G DE PISTOLES DE CHOCOLAT AU LAIT

POUR LA DÉCORATION

1 CUILLERÉE À SOUPE DE POUDRE SCINTILLANTE ARGENT

125 G DE POUDRE DE NOIX DE COCO

1 MIXEUR PLONGEANT

1 THERMOMÈTRE DE CUISSON

TEMPS DE PRÉPARATION
40 MINUTES (LA VEILLE)
1 H 30 (LE LENDEMAIN)

Préparez le glaçage blanc la veille.

① LE GLAÇAGE BLANC

Mettez la gélatine à ramollir dans l'eau bien froide. Réservez.
Faites bouillir la crème avec le sirop de glucose, incorporez la gélatine. Mélangez.

1 Faites fondre la pâte à glacer dans une casserole sur feu moyen. Versez-la ensuite sur le chocolat blanc et incorporez le mélange crème, sirop de glucose et gélatine.

2 Mixez, en ajoutant en pluie l'oxyde de titane. Filmez et réservez au frais.

② LA PÂTE À CHOUX

Préparez la pâte à choux et faites cuire les éclairs en suivant les étapes 1 à 11 pages 21 à 23 et 1 à 4 page 25.

③ LA CRÈME COCO

Mettez la gélatine à hydrater dans l'eau bien froide. Réservez.
Faites bouillir le lait de coco et la crème, puis ajoutez la gélatine. Mélangez.

1

1 Mettez le chocolat blanc dans un récipient ; versez dessus le mélange lait et crème chaud. Mélangez.

2 À l'aide du mixeur plongeant, mélangez jusqu'à obtention d'un mélange homogène.

3 Versez le tout dans un plat ; filmez et réservez au frais.

2

3

④ LE MONTAGE

Garnissez les éclairs avec la crème coco (voir technique page 38). Réservez-les au frais.

Préparez le glaçage au chocolat : faites fondre au bain-marie ou au micro-ondes les 400 g de chocolat au lait jusqu'à ce qu'ils atteignent 40 °C, puis versez dedans les pistoles de chocolat. Laissez fondre légèrement et mixez jusqu'à obtention d'un mélange homogène.

1 **2** Sortez les éclairs et trempez-les à moitié dans le glaçage au chocolat. Laissez-les cristalliser au frais.

3 Sortez le glaçage blanc et faites-le chauffer au bain-marie jusqu'à ce qu'il devienne souple, mais pas trop liquide.

1

2

3

4 Mixez le glaçage blanc jusqu'à ce qu'il soit brillant.

5 Sortez les éclairs et trempez-les dans le glaçage blanc en prenant soin de ne pas recouvrir totalement le glaçage au chocolat. Réservez-les au frais quelques minutes pour que le glaçage durcisse légèrement.

6 Pendant ce temps, mélangez la poudre scintillante et la poudre de noix de coco.

7 Sortez les éclairs et trempez-les dans le mélange que vous venez de préparer, en appuyant légèrement pour que la poudre adhère bien au glaçage.

ÉCLAIRS CHOCOLAT

INGRÉDIENTS POUR 10 ÉCLAIRS

① LE GLAÇAGE CACAO
② LA PÂTE À CHOUX
③ LA CRÈME CHOCOLAT
④ LE NAPPAGE SCINTILLANT OR
⑤ LE MONTAGE

① LE GLAÇAGE CACAO

4 G DE GÉLATINE EN POUDRE + 25 G D'EAU FROIDE

40 G DE CACAO EN POUDRE

100 G D'EAU

100 G DE SUCRE

60 G DE CRÈME LIQUIDE

② LA PÂTE À CHOUX

250 G DE PÂTE À CHOUX (VOIR RECETTE PAGE 20)

③ LA CRÈME CHOCOLAT

2 JAUNES D'ŒUFS

30 G DE SUCRE

12 G DE MAÏZENA®

200 G DE LAIT

45 G DE CRÈME LIQUIDE ENTIÈRE

80 G DE CHOCOLAT NOIR À 70 % DE CACAO

45 G DE BEURRE

④ LE NAPPAGE SCINTILLANT OR

450 G DE PISTOLES DE CHOCOLAT NOIR

3 G DE SCINTILLANT OR

2 PLAQUES EN ACIER D'AU MOINS 50 X 30 CM

1 FEUILLE DE PAPIER CRISTAL ET 1 FEUILLE DE PAPIER SULFURISÉ (OU 2 FEUILLES DE PAPIER SULFURISÉ)

1 SPATULE LONGUE

1 GROS PINCEAU À POILS SOUPLES

TEMPS DE PRÉPARATION

40 MINUTES (LA VEILLE)
1 HEURE (LE LENDEMAIN)

Préparez le glaçage cacao la veille.

① LE GLAÇAGE CACAO

Mettez la gélatine à fondre dans de l'eau bien froide. Réservez.

1

2

3

1 Pesez le cacao en poudre.

2 Dans une casserole, versez l'eau et le sucre, puis portez à ébullition. Ajoutez alors la crème en fouettant sans arrêt. Redonnez un bouillon.

3 Incorporez ensuite le cacao en poudre, toujours en fouettant afin que le mélange n'attache pas et laissez bouillir 2 minutes.

4

5

4 Sortez du feu, puis laissez la préparation légèrement refroidir (jusqu'à environ 60 °C) avant d'incorporer la gélatine. Remuez jusqu'à ce que celle-ci soit parfaitement fondue, puis mixez afin d'obtenir un mélange parfaitement lisse.

5 Débarrassez le glaçage dans un bol, filmez au contact et réservez au frais jusqu'à utilisation.

② LA PÂTE À CHOUX

Préparez la pâte à choux et faites cuire les éclairs en suivant les étapes 1 à 11 pages 21 à 23 et 1 à 4 page 25.

③ LA CRÈME CHOCOLAT

1

2

1 Mélangez ensemble les jaunes d'œufs et le sucre. Fouettez le tout jusqu'à ce que le mélange blanchisse et incorporez la Maïzena®.

2 Dans une casserole, mettez le lait et la crème, puis portez à ébullition.

3 Versez un peu de ce mélange sur les œufs pour éviter qu'ils ne cuisent, fouettez, puis remettez le tout dans la casserole avec le reste de lait et de crème.

4 Faites chauffer, tout en remuant, jusqu'à obtenir une consistance assez épaisse pour tenir sur le fouet.

5 Dans un bol, mettez le chocolat. Ajoutez la crème que vous venez de préparer et fouettez jusqu'à ce que le chocolat soit fondu et le mélange homogène. Laissez refroidir jusqu'à 40 °C.

6 Ajoutez le beurre en morceaux et mixez cette crème jusqu'à ce qu'elle soit lisse et brillante. Filmez au contact et réservez au frais jusqu'à utilisation.

④ LE NAPPAGE SCINTILLANT OR

1 Faites fondre 300 g de pistoles de chocolat, débarrassez dans un récipient, puis ajoutez les 150 g de pistoles restants et mélangez jusqu'à obtenir une préparation bien lisse.

2 Testez la qualité du nappage en recouvrant la pointe d'un couteau : la matière doit être légèrement épaisse et d'un aspect parfaitement lisse.

3 Recouvrez l'une des deux plaques avec la feuille de papier cristal, puis faites couler dessus le mélange que vous venez de réaliser.

4 Sans attendre, à l'aide de la spatule, étalez le chocolat sur toute la largeur de la feuille. Votre geste doit être rapide et ferme.

Recouvrez le chocolat avec la feuille de papier sulfurisé, puis posez la seconde plaque dessus. Recouvrez le tout d'un poids et laissez prendre au congélateur environ 10 minutes.

5 Sortez la plaque de chocolat du congélateur et retirez le papier cristal. Le passage au froid va créer la formation d'une fine pellicule d'eau sur le dessus de la plaque en chocolat et ainsi permettre à la poudre dorée de bien s'accrocher.

6 **7** Saupoudrez la moitié de la plaque en chocolat avec la poudre dorée et frottez légèrement cette dernière avec le pinceau ; vous devez obtenir un fini translucide. À l'aide d'une fourchette, grattez légèrement l'autre partie de la plaque en chocolat afin d'obtenir un joli relief.

⑤ LE MONTAGE

1 Pendant que le nappage est en train de prendre, percez des trous sur la base des éclairs en vous aidant de l'extrémité d'une douille.

2 Sortez la crème chocolat du réfrigérateur et, à l'aide d'une Maryse, garnissez-en la poche à douille (voir technique page 38). Remplissez chaque éclair, en insérant un peu de crème dans chaque trou.

3 À l'aide d'un petit couteau, lissez le surplus de crème qui dépasse des trous.

Sortez le glaçage du réfrigérateur et faites-le légèrement chauffer jusqu'à ce qu'il redevienne parfaitement fluide. Trempez chaque éclair dans le glaçage.

4 À l'aide d'un couteau bien tranchant, découpez des carrés d'environ 1,5 cm dans la plaque de chocolat, en faisant en sorte d'obtenir 30 carrés dorés et 20 carrés chocolat.

5 À l'aide du couteau, prélevez 1 carré doré et déposez-le délicatement sur le glaçage, à l'une des extrémités de l'éclair ; répartissez, ensuite, en les alternant, 2 carrés chocolat et 3 carrés dorés.

ÉCLAIRS CHOC PÉTILLANT

INGRÉDIENTS POUR 10 ÉCLAIRS

① LA CRÈME AU CHOCOLAT JIVARA

② LE GLAÇAGE LAIT

③ LA PÂTE À CHOUX

④ LE DÉCOR

⑤ LE MONTAGE

① LA CRÈME AU CHOCOLAT JIVARA

4 G DE GÉLATINE EN POUDRE + 24 G D'EAU FROIDE

120 G DE CHOCOLAT AU LAIT JIVARA (VALRHONA®)

55 G DE BEURRE

265 G DE LAIT ENTIER

55 G DE CRÈME LIQUIDE ENTIÈRE

3 JAUNES D'ŒUFS

40 G DE SUCRE

24 G DE MAÏZENA®

② LE GLAÇAGE LAIT

4 G DE GÉLATINE EN POUDRE + 24 G D'EAU FROIDE

50 G DE GLUCOSE

120 G DE CRÈME LIQUIDE ENTIÈRE

150 G DE CHOCOLAT AU LAIT JIVARA (VALRHONA®)

150 G DE PÂTE À GLACER BLONDE

③ LA PÂTE À CHOUX

250 G DE PÂTE À CHOUX (VOIR RECETTE PAGE 20)

④ LE DÉCOR

175 G DE SUCRE PÉTILLANT « PETA ZETA » ENROBÉ DE CHOCOLAT

QUELQUES PINCÉES DE SCINTILLANT ARGENT

1 MIXEUR PLONGEANT

1 THERMOMÈTRE DE CUISSON

1 PASSOIRE

TEMPS DE PRÉPARATION
40 MINUTES (LA VEILLE)
1 HEURE (LE LENDEMAIN)

Préparez la crème au chocolat Jivara et le glaçage lait la veille.

① LA CRÈME AU CHOCOLAT JIVARA

Mettez la gélatine à fondre dans l'eau bien froide. Réservez. Mettez le chocolat dans un saladier. Coupez le beurre en cubes. Faites chauffer le lait et la crème sur feu moyen.

1 Mélangez les jaunes d'œufs et le sucre en les blanchissant légèrement. Ajoutez la Maïzena®.

2 Versez un peu du mélange lait et crème sur les œufs et fouettez.

3 **4** Transvasez cette préparation dans la casserole et faites chauffer le tout jusqu'à ébullition et obtention d'une crème.

5

6

5 6 Versez cette crème sur le chocolat et mélangez avec une Maryse jusqu'à ce que la préparation soit parfaitement homogène.

7

8

7 8 Lorsque la crème est descendue à 40 °C, incorporez petit à petit les cubes de beurre et mixez pour obtenir un mélange lisse et onctueux.

9

10

9 10 Versez la crème ainsi obtenue dans un récipient, filmez au contact et réservez au frais.

② LE GLAÇAGE LAIT

Mettez la gélatine à fondre dans l'eau bien froide. Réservez.

1

2

1 Versez le glucose et la crème dans une casserole et faites chauffer sur feu moyen.

2 Incorporez la gélatine.

3

4

3 Tout en remuant à l'aide d'un fouet, versez petit à petit cette préparation sur le mélange chocolat et pâte à glacer préalablement fondus.

4 Mixez jusqu'à obtention d'un mélange lisse et brillant.
Filmez au contact et réservez au frais.

③ LA PÂTE À CHOUX

Préparez la pâte à choux et faites cuire les éclairs en suivant les étapes 1 à 11 pages 21 à 23 et 1 à 4 page 25.

④ LE DÉCOR

1

2

1 Passez le sucre pétillant à travers une passoire afin d'en récupérer les plus gros morceaux.

2 Mettez un tiers de ces morceaux dans un petit récipient et ajoutez du scintillant argent. Mélangez afin de bien enrober les perles de sucre.

⑤ LE MONTAGE

Faites des trous sur la base des éclairs en vous aidant de l'extrémité d'une douille.
Sortez la crème au chocolat du réfrigérateur et, à l'aide d'une Maryse, garnissez-en la poche à douille.
Remplissez chaque éclair, en insérant un peu de crème dans chaque trou. À l'aide d'un petit couteau, lissez le surplus de crème qui dépasse des trous (voir technique page 38).

1

1 Sortez le glaçage du réfrigérateur et faites-le chauffer au bain-marie jusqu'à ce qu'il soit à 32 °C. Mixez-le.

2

2 Trempez chaque éclair dans le glaçage.

3

3 Retirez le surplus avec le doigt. Recouvrez la partie centrale du glaçage avec des perles de sucre argent. Laissez les éclairs reposer au frais pendant 10 minutes afin que le glaçage durcisse.

4

4 Trempez ensuite l'éclair dans le sucre pétillant non coloré afin de recouvrir le reste du glaçage.

CHOU PRALINÉ

INGRÉDIENTS POUR 10 ÉCLAIRS

① LE PRALINÉ NOISETTE
② LA CRÈME AU PRALINÉ
③ LA PÂTE À CHOUX
④ LE MONTAGE

① LE PRALINÉ NOISETTE

180 G DE NOISETTES
120 G DE SUCRE
40 G D'EAU
½ CUILLERÉE À CAFÉ DE FLEUR DE SEL

② LA CRÈME AU PRALINÉ

225 G DE LAIT ENTIER
45 G DE CRÈME LIQUIDE ENTIÈRE
3 JAUNES D'ŒUFS
35 G DE SUCRE
22 G DE MAÏZENA®
170 G DE PRALINÉ NOISETTE
60 G DE BEURRE

③ LA PÂTE À CHOUX

250 G DE PÂTE À CHOUX AU CRAQUELIN (VOIR RECETTE PAGE 26)

④ LE MONTAGE

50 NOISETTES ENVIRON

1 MIXEUR
1 MIXEUR PLONGEANT
1 THERMOMÈTRE DE CUISSON
1 TAPIS EN SILICONE
1 COUTEAU-SCIE

TEMPS DE PRÉPARATION
1 H 30 (LA VEILLE)
30 MINUTES (LE LENDEMAIN)

Préparez le praliné noisette et la crème au praliné la veille.

① LE PRALINÉ NOISETTE

Sur une plaque allant au four, étalez les 180 g de noisettes + les 50 noisettes destinées au montage. Enfournez à 160 °C et laissez torréfier environ 20 minutes. Le cœur des noisettes doit être brun.

1 Dans une casserole, mélangez le sucre et l'eau ; faites chauffer sur feu moyen jusqu'à obtention d'un caramel brun. Ajoutez alors les 180 g de noisettes torréfiées encore tièdes.

2 Mélangez, puis ajoutez la fleur de sel.

3 Une fois les noisettes parfaitement enrobées de caramel, débarrassez-les sur un tapis en silicone. Étalez-les et laissez-les refroidir.

4 Une fois le praliné refroidi, cassez-le en morceaux, mettez-les dans le bol du mixeur.

5 Faites tourner par pulsions successives afin d'obtenir une poudre.

6 Faites ensuite tourner à puissance maximale jusqu'à ce que le praliné devienne liquide.

② LA CRÈME AU PRALINÉ

Portez à ébullition le lait et la crème.

1 Mettez les jaunes d'œufs dans un récipient, versez dessus le sucre et fouettez jusqu'à ce que le mélange blanchisse.

2 Versez ensuite la Maïzena® et remuez.

3 Versez dessus un peu du mélange lait et crème. Reversez le tout dans la casserole et faites chauffer sur feu moyen jusqu'à obtention d'un bouillon.

4 Versez cette préparation sur le praliné noisette et mélangez.

5 Laissez refroidir jusqu'à ce que le mélange atteigne 40 °C. Incorporez le beurre en morceaux et mixez jusqu'à obtenir un mélange homogène et brillant.

6 Débarrassez dans un plat.
Filmez au contact et réservez au frais jusqu'au lendemain.

③ LA PÂTE À CHOUX

Préparez la pâte à choux et faites cuire les éclairs craquelins en suivant les étapes pages 27 à 29.

④ LE MONTAGE

1 À l'aide d'un couteau-scie, coupez les éclairs en deux.

2 Pochez le fond de chaque éclair.

3 Déposez une noisette torréfiée dans chaque alvéole.

Sortez le praliné du réfrigérateur et, à l'aide d'une Maryse, garnissez-en la poche à douille (voir technique page 38).

4 À l'aide d'une Maryse, remuez légèrement la crème au praliné, puis garnissez-en une poche à douille et déposez une boule de crème sur chaque noisette.

5 Recouvrez chaque éclair de son chapeau.

ÉCLAIRS CHOUCHOU CARAMEL

INGRÉDIENTS POUR 10 ÉCLAIRS

① LA CRÈME CARAMEL
② LA PÂTE À CHOUX
③ LE GLAÇAGE CARAMEL
④ LES CACAHUÈTES CARAMÉLISÉES
⑤ LE MONTAGE
⑥ L'ENROBAGE
⑦ LE DÉCOR

① LA CRÈME CARAMEL

2 G DE GÉLATINE EN POUDRE + 12 G D'EAU FROIDE
150 G DE CRÈME LIQUIDE ENTIÈRE
3 G DE FLEUR DE SEL
120 G DE SUCRE
75 G DE BEURRE
235 G DE MASCARPONE

② LA PÂTE À CHOUX

250 G DE PÂTE À CHOUX
(VOIR RECETTE PAGE 20)

③ LE GLAÇAGE CARAMEL

90 G DE CRÈME LIQUIDE ENTIÈRE
2 G DE FLEUR DE SEL
30 G DE SIROP DE GLUCOSE
180 G DE SUCRE
150 G DE BEURRE DOUX

④ LES CACAHUÈTES CARAMÉLISÉES

200 G DE CACAHUÈTES FRAÎCHES
100 G DE SUCRE GLACE
1 PINCÉE DE FLEUR DE SEL

⑥ L'ENROBAGE

600 G DE CHOCOLAT AU LAIT EN PISTOLES JIVARA (VALRHONA®)

⑦ LE DÉCOR

QUELQUES PINCÉES DE POUDRE SCINTILLANTE BRONZE

1 MIXEUR PLONGEANT
1 THERMOMÈTRE DE CUISSON
1 GROS PINCEAU ROND

TEMPS DE PRÉPARATION

40 MINUTES (LA VEILLE)
2 HEURES (LE LENDEMAIN)

Préparez la crème caramel la veille.

① LA CRÈME CARAMEL

Préparez la crème caramel en suivant les étapes 1 à 12 des pages 53 à 55.

② LA PÂTE À CHOUX

Préparez la pâte à choux et faites cuire les éclairs en suivant les étapes 1 à 11 pages 21 à 23 et 1 à 4 page 25.

③ LE GLAÇAGE CARAMEL

Faites chauffer la crème, puis ajoutez la fleur de sel. Remuez et réservez.

1 **2** Versez le glucose et la moitié du sucre dans une casserole et mettez à chauffer. Quand le caramel a pris une belle couleur brune, ajoutez le reste de sucre et laissez bouillir un instant.

3 Incorporez alors la crème salée chaude.

4 5 Ajoutez le beurre et remuez pour le faire fondre.

6 Mixez au mixeur plongeant afin d'obtenir une préparation parfaitement homogène.

7 Versez la préparation dans un saladier, filmez au contact et réservez à température ambiante.

④ LES CACAHUÈTES CARAMÉLISÉES

1 Dans une casserole, mélangez les cacahuètes et le sucre glace. Faites chauffer à feu doux.

2 Remuez sans arrêt les cacahuètes avec une cuillère en bois jusqu'à ce qu'elles soient bien enrobées de caramel.

3 Ajoutez la fleur de sel, remuez de nouveau, puis étalez immédiatement les cacahuètes sur un marbre ou une planche à découper.

4 Concassez les cacahuètes caramélisées et réservez-les.

⑤ LE MONTAGE

Faites des trous sur la base des éclairs en vous aidant de l'extrémité d'une douille.
Sortez la crème caramel du réfrigérateur et, à l'aide d'une Maryse, garnissez-en la poche à douille. Remplissez chaque éclair, en insérant un peu de crème dans chaque trou. À l'aide d'un petit couteau, lissez le surplus de crème qui dépasse des trous (voir technique page 38).

1 Trempez une Maryse dans le glaçage caramel afin de tester s'il est assez souple pour être travaillé. S'il vous paraît trop épais, chauffez-le légèrement.

2 Trempez chaque éclair dans le glaçage caramel.

3 Retirez le surplus avec le doigt.

4 Recouvrez le caramel de morceaux de cacahuètes concassées.

Laissez les éclairs ainsi réalisés reposer au frais pendant 20 minutes afin que le glaçage durcisse.

⑥ L'ENROBAGE

1 Faites fondre 100 g de chocolat au lait, puis incorporez les 200 g de chocolat restants.

2 **3** Mélangez puis mixez jusqu'à ce que la préparation soit lisse et homogène.

4 **5** Sortez les éclairs du réfrigérateur et trempez-les dans le chocolat au lait de manière à recouvrir les cacahuètes et le glaçage caramel. Laissez les éclairs reposer au frais jusqu'à ce que le chocolat soit dur.

⑦ LE DÉCOR

1

2

1 2 Versez un peu de poudre scintillante bronze dans une soucoupe puis, à l'aide du pinceau, déposez-la sur le chocolat au lait, en plusieurs couches successives, jusqu'à obtenir un aspect bien brillant.

ÉCLAIRS CITRON

INGRÉDIENTS POUR 10 ÉCLAIRS

① LE GLAÇAGE JAUNE
② LA PÂTE À CHOUX
③ LA CRÈME AU CITRON
④ LE STREUSEL NOISETTE
⑤ LA MERINGUE SUISSE
⑥ LE MONTAGE

① LE GLAÇAGE JAUNE

6 G DE GÉLATINE EN POUDRE + 36 G D'EAU FROIDE

150 G DE CRÈME LIQUIDE ENTIÈRE

60 G DE GLUCOSE

180 G DE CHOCOLAT BLANC

180 G DE PÂTE À GLACER BLANCHE

QUELQUES GOUTTES DE COLORANT JAUNE

② LA PÂTE À CHOUX

250 G DE PÂTE À CHOUX (VOIR RECETTE PAGE 20)

③ LA CRÈME AU CITRON

115 G D'ŒUF

115 G DE SUCRE

120 G DE JUS DE CITRON

175 G DE BEURRE

2 G DE GÉLATINE EN POUDRE + 12 G D'EAU FROIDE

④ LE STREUSEL NOISETTE

65 G DE BEURRE DOUX MOU

½ CUILLERÉE À CAFÉ DE FLEUR DE SEL

65 G DE SUCRE GLACE

65 G DE POUDRE DE NOISETTES LÉGÈREMENT TORRÉFIÉES AU FOUR

65 G DE FARINE T55

⑤ LA MERINGUE SUISSE

2 BLANCS D'ŒUFS

140 G DE SUCRE GLACE

1 MIXEUR PLONGEANT

1 RÂPE À ZESTE

1 BATTEUR ÉLECTRIQUE

1 THERMOMÈTRE DE CUISSON

2 RÈGLES EN ACIER DE 4 MM D'ÉPAISSEUR

1 ROULEAU À PÂTISSERIE

1 TAPIS EN SILICONE

1 DOUILLE D'ENVIRON 5 MM DE DIAMÈTRE

TEMPS DE PRÉPARATION
10 MINUTES (LA VEILLE) / 1 HEURE (LE LENDEMAIN)

Préparez le glaçage jaune la veille.

① LE GLAÇAGE

Mettez la gélatine à fondre dans l'eau bien froide. Réservez.

1 Versez la crème puis le glucose dans la casserole et portez à ébullition.

2 Hors du feu, incorporez la gélatine.

3 Versez cette préparation sur le chocolat blanc et la pâte à glacer préalablement fondus. Et mélangez.

4 Mélangez et mixez en ajoutant le colorant. Filmez au contact et réservez au frais.

② LA PÂTE À CHOUX

Préparez la pâte à choux et faites cuire les éclairs en suivant les étapes 1 à 11 pages 21 à 23 et 1 à 4 page 25.

③ LA CRÈME AU CITRON

1 Mélangez au fouet les œufs et le sucre semoule.

2 **3** Prélevez le zeste du citron. Ajoutez le jus et le zeste de citron dans le mélange précédent.

4 Faites cuire au bain-marie, en fouettant, jusqu'à atteindre 82 °C. Laissez refroidir jusqu'à 40 °C.

5 Ajoutez alors le beurre, en lissant le mélange à l'aide du mixeur. Mixez jusqu'à ce que la crème soit lisse et qu'il n'y ait plus aucun morceau de beurre. Versez le tout dans un plat, filmez au contact et réservez au frais.

④ LE STREUSEL NOISETTE

1 2 3 4 Mélangez le beurre, la fleur de sel, le sucre glace, puis la poudre de noisettes ; terminez par la farine.

5

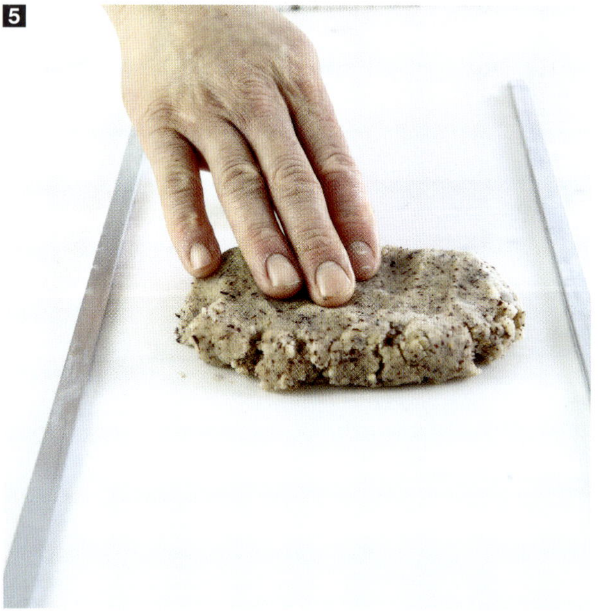

5 Recouvrez le plan de travail d'une feuille de papier sulfurisé. Posez les deux règles parallèlement, à environ 20 cm de distance. Déposez la pâte à la noisette au centre.

6

6 Recouvrez la pâte d'une feuille de papier sulfurisé puis, à l'aide du rouleau à pâtisserie, étalez la pâte à l'épaisseur des règles.

7

7 Retirez la feuille de papier supérieure et réservez au frais pendant 30 minutes.

8

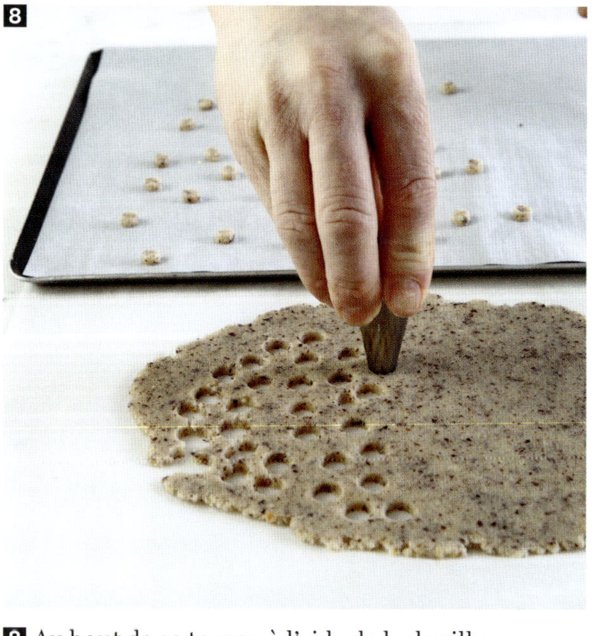

8 Au bout de ce temps, à l'aide de la douille, prélevez des cercles de pâte et déposez-les au fur et à mesure sur une plaque de cuisson recouverte d'une feuille de papier sulfurisé. Enfournez les petits cercles et faites-les cuire à 160 °C environ 8 minutes, jusqu'à ce qu'ils prennent une jolie couleur brune. Laissez-les ensuite refroidir.

⑤ LA MERINGUE SUISSE

1 Faites chauffer ensemble les blancs d'œufs et 120 g de sucre glace au bain-marie, en fouettant, jusqu'à ce que le mélange atteigne 45 °C.

2 Montez hors du feu le mélange au batteur jusqu'à ce qu'il soit ferme, mais pas trop.

3 Incorporez le reste de sucre glace tamisé et remuez la pâte en la soulevant plusieurs fois à l'aide d'une Maryse pour faire retomber légèrement les blancs. Préchauffez le four à 90 °C. Remplissez une poche avec le mélange que vous venez de réaliser.

4 Couvrez une plaque de four d'un tapis en silicone, déposez dessus des petites boules de meringue d'environ 5 mm de diamètre.
Enfournez durant 10 minutes, éteignez le four et laissez les meringues reposer 1 heure dans le four.

⑥ LE MONTAGE

Faites des trous sur la base des éclairs en vous aidant de l'extrémité d'une douille.
Sortez la crème au citron du réfrigérateur et, à l'aide d'une Maryse, garnissez-en la poche à douille. Remplissez chaque éclair, en insérant un peu de crème dans chaque trou.
À l'aide d'un petit couteau, lissez le surplus de crème qui dépasse des trous (voir technique page 38).

1 **2** Sortez le glaçage du réfrigérateur et faites-le légèrement chauffer au bain-marie jusqu'à ce qu'il redevienne parfaitement fluide, mais qu'il ne dépasse pas 32 °C, puis mixez-le.

3 Trempez chaque éclair dans le glaçage.

4 Retirez le surplus avec le doigt.

5 Laissez les éclairs reposer au frais pendant 20 minutes afin que le glaçage durcisse.

6 Décorez les éclairs en répartissant sur le glaçage 3 meringues et 3 boules de streusel noisette. Cela tient immédiatement, car le glaçage agit comme une colle.

ÉCLAIRS GRIOTTE, FRAMBOISE, DRAGÉE

INGRÉDIENTS POUR 10 ÉCLAIRS

① LE CRÉMEUX DRAGÉE
② LE GLAÇAGE ROSE
③ LA PÂTE À CHOUX
④ LE CONFIT FRAMBOISES-GRIOTTES
⑤ LE MONTAGE
⑥ LA DÉCORATION

① LE CRÉMEUX DRAGÉE

4 G DE GÉLATINE EN POUDRE + 24 G D'EAU FROIDE
140 G DE LAIT ENTIER
105 G DE CRÈME LIQUIDE ENTIÈRE
45 G DE CHOCOLAT BLANC VALRHONA®
40 G DE PÂTE D'AMANDE

② LE GLAÇAGE ROSE

4 G DE GÉLATINE EN POUDRE + 24 G D'EAU FROIDE
100 G DE CRÈME LIQUIDE ENTIÈRE
40 G DE GLUCOSE
120 G DE CHOCOLAT DE COUVERTURE BLANC VALRHONA®
120 G DE PÂTE À GLACER IVOIRE VALRHONA®
QUELQUES PINCÉES DE COLORANT ROUGE EN POUDRE

③ LA PÂTE À CHOUX

250 G DE PÂTE À CHOUX (VOIR RECETTE PAGE 20)

④ LE CONFIT FRAMBOISES-GRIOTTES

60 G DE SUCRE
2 G DE PECTINE NH
70 G DE PURÉE DE FRAMBOISES
40 G DE PURÉE DE GRIOTTES
30 G DE GLUCOSE

⑥ LA DÉCORATION

40 G DE DRAGÉES BLANCHES
20 FRAMBOISES

1 MIXEUR PLONGEANT
1 THERMOMÈTRE DE CUISSON
1 ROULEAU À PÂTISSERIE

TEMPS DE PRÉPARATION

40 MINUTES (LA VEILLE)
2 HEURES (LE LENDEMAIN)

Préparez le crémeux dragée et le glaçage rose la veille.

① LE CRÉMEUX DRAGÉE

Mettez la gélatine à fondre dans l'eau bien froide. Réservez.
Faites bouillir le lait et la crème, puis incorporez la gélatine. Remuez.

1

2

1 2 3 Versez le tout sur le chocolat et la pâte d'amande. Fouettez, puis mixez.

3

4

4 Débarrassez dans un plat creux, filmez au contact et réservez au frais.

② LE GLAÇAGE ROSE

Mettez la gélatine à fondre dans l'eau bien froide. Réservez.

1 **2** Faites bouillir la crème et le glucose, puis incorporez la gélatine.

3 Versez petit à petit le tout sur le mélange chocolat de couverture et pâte à glacer préalablement fondus. Fouettez.

4 Incorporez un peu de colorant rouge.

5 **6** Mixez et ajoutez du colorant, si nécessaire, afin d'atteindre la couleur désirée.
Filmez au contact et réservez au frais.

③ LA PÂTE À CHOUX

Préparez la pâte à choux et faites cuire les éclairs en suivant les étapes 1 à 11 pages 21 à 23 et 1 à 4 page 25.

④ LE CONFIT FRAMBOISES-GRIOTTES

1

2

1 Mélangez un tiers du sucre avec la pectine.

2 Mettez à chauffer sur feu moyen les purées de framboises et de griottes avec le reste de sucre et le glucose jusqu'à atteindre la température de 60 °C.

3

4

5

3 4 Ajoutez alors le mélange sucre-pectine. Faites brièvement bouillir et mixez.

5 Débarrassez, filmez au contact et réservez au frais.

⑤ LE MONTAGE

Faites des trous sur la base des éclairs en vous aidant de l'extrémité d'une douille.
Sortez le crémeux à la dragée du réfrigérateur et, à l'aide d'une Maryse, garnissez-en la poche à douille.

1

2

1 2 Remplissez chaque éclair aux trois quarts, en insérant un peu de crème dans chaque trou. Complétez le fourrage avec du confit de framboises griottes.

À l'aide d'un petit couteau, lissez le surplus de crème qui dépasse des trous (voir technique page 38).

3 Sortez le glaçage du réfrigérateur et faites-le légèrement chauffer au bain-marie jusqu'à ce qu'il redevienne parfaitement fluide (32 °C), puis mixez-le.

4 **5** Trempez chaque éclair dans le glaçage et retirez le surplus avec le doigt.

Laissez les éclairs ainsi réalisés reposer au frais pendant 20 minutes afin que le glaçage durcisse.

⑥ LA DÉCORATION

1 Enfermez les dragées dans une poche et écrasez-les à l'aide d'un rouleau à pâtisserie.

2 Décorez chaque éclair avec 2 framboises (alvéole vers le haut) et 3 brisures de dragée.

3 Remplissez chaque alvéole de framboise avec une pointe de confit framboises-griottes.

ÉCLAIRS DUO SAINT-VALENTIN

INGRÉDIENTS POUR 10 ÉCLAIRS

① LA CRÈME AU CHOCOLAT PRALINÉ

② LA PÂTE À CHOUX

③ LA PÂTE D'AMANDE CŒUR

④ LE MONTAGE

① LA CRÈME AU CHOCOLAT PRALINÉ

POUR LA CRÈME :

195 G DE LAIT ENTIER

40 G DE CRÈME FLUIDE ENTIÈRE

2 JAUNES D'ŒUFS

30 G DE SUCRE

12 G DE MAÏZENA®

72 G DE CHOCOLAT NOIR

38 G DE BEURRE DOUX

POUR LE PRALINÉ NOISETTE :

180 G DE NOISETTES

120 G DE SUCRE

40 G D'EAU

1/2 CUILLERÉE À CAFÉ DE FLEUR DE SEL

② LA PÂTE À CHOUX

250 G DE PÂTE À CHOUX (VOIR RECETTE PAGE 20)

③ LA PÂTE D'AMANDE CŒUR

150 G DE PÂTE D'AMANDE

UN PEU DE SUCRE GLACE

DU COLORANT ROUGE LIQUIDE

1 PETIT POT DE POUDRE SCINTILLANTE OR

100 G DE NAPPAGE NEUTRE

1 THERMOMÈTRE DE CUISSON

1 MIXEUR PLONGEANT

1 TAPIS EN SILICONE

1 FEUILLE DE PAPIER CARTONNÉ

1 FEUILLE DE PAPIER BLANC

1 FEUILLE DE PAPIER-CALQUE

1 CUTTER

2 RÉGLETTES DE 2 MM D'ÉPAISSEUR

1 ROULEAU À PÂTISSERIE

1 SPATULE PLATE

1 AÉROGRAPHE

1 PASSETTE

1 PINCEAU PLAT

TEMPS DE PRÉPARATION
30 MINUTES (LA VEILLE)
2 H 30 (LE LENDEMAIN)

Préparez la crème au chocolat praliné la veille.

① LA CRÈME AU CHOCOLAT PRALINÉ

Préparez la crème au chocolat.
Portez à ébullition le lait et la crème. Mélangez les jaunes, le sucre et la Maïzena®, puis incorporez-les dans la casserole, en remuant sans arrêt jusqu'à obtention d'une crème pâtissière. Versez-la sur le chocolat et remuez jusqu'à ce qu'il soit fondu. Laissez cette crème refroidir à 40 °C avant d'incorporer le beurre en morceaux. Mixez le tout.

Préparez le praliné noisette (voir page 89).

1

2

1 2 Lorsque la crème au chocolat est froide, incorporez le praliné et mélangez. Réservez au frais.

② LA PÂTE À CHOUX

Préparez la pâte à choux et faites cuire les éclairs en suivant les étapes 1 à 11 pages 21 à 23 et 1 à 4 page 25.

③ LA PÂTE D'AMANDE CŒUR

1

2

3

1 Dans la feuille de papier cartonné, découpez un gabarit d'une taille équivalente à celle d'un éclair (en longueur et en largeur). Posez ce gabarit sur une feuille de papier blanc, dessinez ses contours ; déplacez le gabarit et collez-le contre la forme que vous venez de dessiner, puis tracer ses contours.

2 Posez sur ces deux formes une feuille de papier-calque et dessinez dessus un cœur comme sur le modèle ci-dessus.

3 Découpez l'intérieur du cœur à l'aide d'un cutter. Cette forme vous servira de pochoir.

4

5

6

4 Placez la pâte d'amande entre les deux réglettes, saupoudrez-la de sucre glace pour éviter qu'elle ne colle.

5 Étalez la pâte à l'aide du rouleau à pâtisserie.

6 Détachez la pâte du plan de travail avec une spatule.

À l'aide d'un couteau et du gabarit double, découpez autant de paires d'abaisses que vous avez d'éclairs.

7

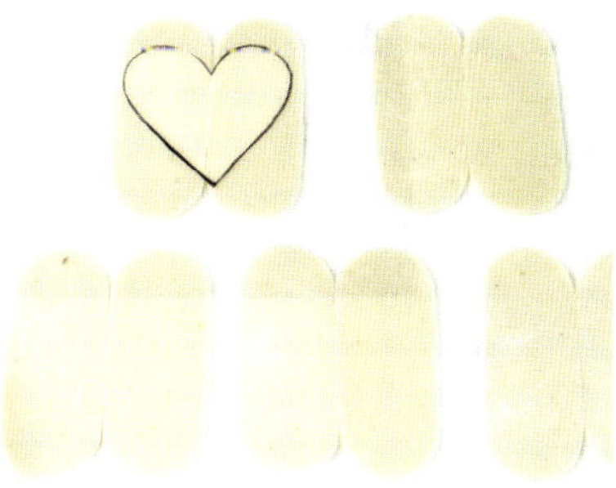

8

9

7 Déposez le pochoir en forme de cœur au centre des deux abaisses de pâte d'amande.

8 **9** Remplissez l'aérographe de colorant rouge ; pulvérisez le colorant sur les abaisses afin de remplir la forme du pochoir et ainsi réaliser le cœur.

10

11

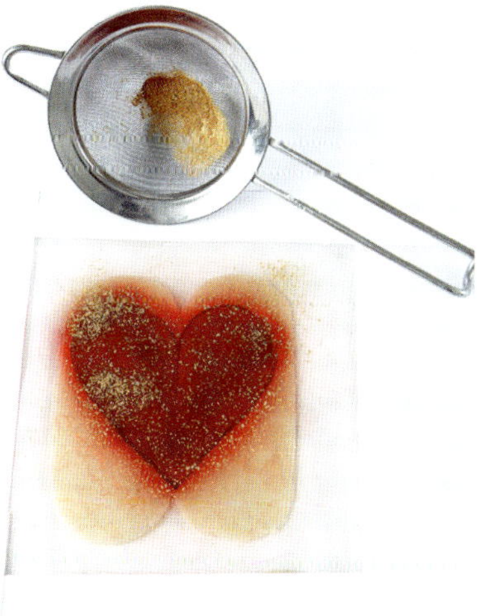

12

10 **11** Versez un peu de poudre scintillante dans la passette et tapotez-la au-dessus du cœur afin de le recouvrir d'une fine pellicule dorée.

12 Retirez délicatement le pochoir. Procédez de la même manière pour décorer toutes les autres abaisses. Laissez sécher le tout à l'air libre pendant 20 à 25 minutes avant de procéder au montage.

④ LE MONTAGE

Faites des trous sur la base des éclairs en vous aidant de l'extrémité d'une douille.
Sortez la crème au chocolat praliné du réfrigérateur et, à l'aide d'une Maryse, garnissez-en la poche à douille.
Remplissez chaque éclair, en insérant un peu de crème dans chaque trou. À l'aide d'un petit couteau, lissez le surplus de crème qui dépasse des trous (voir technique page 38).

1

2

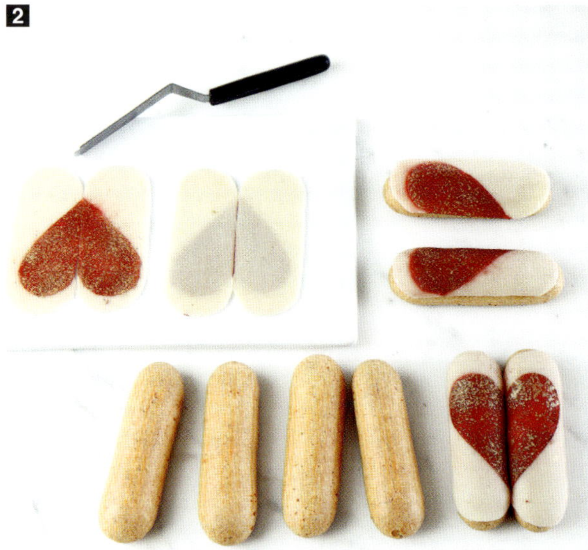

1 Trempez le pinceau dans le nappage préalablement chauffé et enduisez de cette préparation les abaisses de pâte d'amande, du côté inverse de celui sur lequel vous avez réalisé le cœur.

2 Séparez les abaisses et posez-en une moitié sur chaque éclair, partie enduite de nappage contre l'éclair.

3

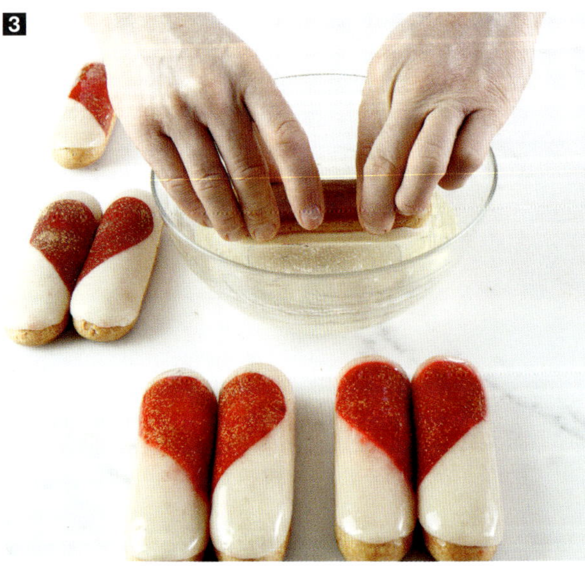

4

3 **4** Trempez les abaisses des éclairs dans le nappage, puis retirez le surplus avec votre doigt.

Disposez les éclairs côte à côte de manière à reformer le cœur.

ÉCLAIRS FIGUE

INGRÉDIENTS POUR 10 ÉCLAIRS

① LA CRÈME À LA FIGUE
② LE GLAÇAGE VIOLET
③ LA PÂTE À CHOUX
④ LE DÉCOR
⑤ LE MONTAGE

① LA CRÈME À LA FIGUE

4 G DE GÉLATINE EN POUDRE + 24 G D'EAU FROIDE

110 G DE FIGUES SÉCHÉES MOELLEUSES

95 G DE CRÈME LIQUIDE ENTIÈRE

175 G DE LAIT ENTIER

175 G DE PURÉE DE FIGUES

32 G DE SUCRE

3 JAUNES D'ŒUFS

QUELQUES GOUTTES DE COLORANT ROUGE

② LE GLAÇAGE VIOLET

6 G DE GÉLATINE EN POUDRE + 36 G D'EAU FROIDE

150 G DE CRÈME LIQUIDE ENTIÈRE

60 G DE GLUCOSE

180 G DE CHOCOLAT BLANC

180 G DE PÂTE À GLACER

POUDRE DE COLORANT VIOLET

POUDRE DE COLORANT ROUGE

③ LA PÂTE À CHOUX

250 G DE PÂTE À CHOUX (VOIR RECETTE PAGE 20)

④ LE DÉCOR

LES GRAINES DES FIGUES PRÉLEVÉES LORS DE LA PRÉPARATION

QUELQUES PINCÉES DE POUDRE SCINTILLANTE OR

1 MIXEUR PLONGEANT

1 THERMOMÈTRE DE CUISSON

1 PASSETTE

TEMPS DE PRÉPARATION

40 MINUTES (LA VEILLE)
1 HEURE (LE LENDEMAIN)

Préparez la crème à la figue et le glaçage violet la veille.

① LA CRÈME À LA FIGUE

Mettez la gélatine à fondre dans l'eau bien froide. Réservez.

1

1 Coupez les figues en petits morceaux.

2

2 Portez à ébullition la crème et le lait, puis incorporez les figues. Réservez ce mélange, afin que les figues gonflent.

3

3 Mixez le tout.

4

4 Ajoutez la purée de figues.

5

6

5 6 Mélangez le sucre et les jaunes d'œufs, incorporez-les à la préparation précédente. Faites cuire, en remuant, jusqu'à atteindre 82 °C et la consistance d'une crème anglaise.

7

8

9

7 8 9 Versez la gélatine et mixez, puis ajoutez une pointe de colorant rouge pour obtenir une crème légèrement rosée. Mixez de nouveau.

10

11

10 **11** Filtrez le tout à la passette afin de récupérer les graines des figues et débarrassez dans un plat. Mettez les graines de côté (elles serviront pour le décor). Filmez la crème au contact et réservez-la au frais.

② LE GLAÇAGE VIOLET

Mettez la gélatine à fondre dans l'eau bien froide. Réservez.

1

1 Faites bouillir la crème avec le glucose, puis incorporez la gélatine.

2

2 Versez sur le mélange chocolat blanc et pâte à glacer préalablement fondue.

3 4 5 Mélangez, puis mixez en ajoutant successivement les colorants jusqu'à obtention d'une couleur violette tirant un peu sur le rouge.

Filmez au contact et réservez au frais jusqu'au lendemain.

③ LA PÂTE À CHOUX

Préparez la pâte à choux et faites cuire les éclairs en suivant les étapes 1 à 11 pages 21 à 23 et 1 à 4 page 25.

④ LE DÉCOR

1

2

3

1 Lavez les graines des figues dans de l'eau chaude.

2 **3** Égouttez-les et disposez-les sur une feuille de papier cuisson. Placez le tout sur une plaque de four et faites sécher 45 minutes à 120 °C.

4

4 Après refroidissement, passez les graines des figues à la passette pour enlever les résidus de peau et récupérer uniquement les graines.

5 Mélangez-les avec la poudre scintillante or et réservez.

⑤ LE MONTAGE

Faites des trous sur la base des éclairs en vous aidant de l'extrémité d'une douille.

Sortez la crème à la figue du réfrigérateur et, à l'aide d'une Maryse, garnissez-en la poche à douille. Remplissez chaque éclair, en insérant un peu de crème dans chaque trou. À l'aide d'un petit couteau, lissez le surplus de crème qui dépasse des trous (voir technique page 38).

Sortez le glaçage du réfrigérateur et faites-le fondre au bain-marie jusqu'à ce qu'il atteigne 32 °C et mixez pour le rendre lisse et brillant.

1

2

3

1 2 Trempez les éclairs dans le glaçage et retirez le surplus avec le doigt.

3 Répartissez quelques graines dorées sur la surface de chaque éclair.

ÉCLAIRS FRAISIER

INGRÉDIENTS POUR 10 ÉCLAIRS

① LA PÂTE DE PISTACHE

② LA GANACHE PISTACHE

③ LA PÂTE À CHOUX

④ LE COULIS DE FRAISES À L'EAU DE FLEUR D'ORANGER

⑤ LES PISTACHES SABLÉES

⑥ LE MONTAGE

① LA PÂTE DE PISTACHE (POUR 100 G)

100 G DE PISTACHES VERTES

20 G D'HUILE DE PÉPINS DE RAISIN

② LA GANACHE PISTACHE

2 G DE GÉLATINE EN POUDRE + 12 G D'EAU FROIDE

295 G DE CRÈME LIQUIDE ENTIÈRE

65 G DE CHOCOLAT BLANC (VALRHONA®)

40 G DE PÂTE DE PISTACHE

③ LA PÂTE À CHOUX

250 G DE PÂTE À CHOUX (VOIR RECETTE PAGE 20)

④ LE COULIS DE FRAISES À L'EAU DE FLEUR D'ORANGER

130 G DE PURÉE DE FRAISES

25 G DE PURÉE DE CITRON VERT

90 G DE SUCRE

2 G DE PECTINE

7 G D'EAU DE FLEUR D'ORANGER

⑤ LES PISTACHES SABLÉES

30 G DE PISTACHES VERTES

15 G DE SUCRE

⑥ LE MONTAGE

125 G DE FRAISES POUR LE MINESTRONE

10 FRAISES POUR LA DÉCORATION

QUELQUES FEUILLES DE MENTHE FRAISE

1 MIXEUR PLONGEANT

1 THERMOMÈTRE DE CUISSON

1 ROBOT

1 POCHE À DOUILLE CANNELÉE DE 10 MM DE DIAMÈTRE

TEMPS DE PRÉPARATION

30 MINUTES (LA VEILLE)

2 HEURES (LE LENDEMAIN)

Préparez la ganache pistache la veille.

① LA PÂTE DE PISTACHE

Déposez les pistaches sur une plaque allant au four et faites-les légèrement torréfier à 160 °C pendant 15 minutes environ. Une fois qu'elles ont bruni, sortez-les du four et laissez-les refroidir. Broyez-les à l'aide d'un robot. Ajoutez l'huile de pépins de raisin. Versez le tout dans une boîte hermétique et conservez au frais.

② LA GANACHE PISTACHE

Mettez la gélatine à fondre dans l'eau bien froide. Réservez.

1

2

3

1 Faites bouillir la crème.

2 3 Ajoutez la gélatine et remuez au fouet.

4

5

4 Versez la crème en deux fois sur le chocolat et la pâte de pistache.

5 6 Fouettez, puis mixez.

6

7

7 Débarrassez dans un récipient, filmez au contact et réservez au frais. Comptez au moins 12 heures de repos avant de l'utiliser.

③ LA PÂTE À CHOUX

Préparez la pâte à choux et faites cuire les éclairs en suivant les étapes 1 à 11 pages 21 à 23 et 1 à 4 page 25.

④ LE COULIS DE FRAISES À L'EAU DE FLEUR D'ORANGER

1

2

1 Mettez les purées de fruits dans une casserole et ajoutez deux tiers du sucre.

2 Faites chauffer le tout jusqu'à atteindre 60 °C.

3

4

3 **4** Ajoutez le restant du sucre préalablement mélangé avec la pectine et donnez un bouillon, puis incorporez l'eau de fleur d'oranger.

Débarrassez dans un récipient, filmez au contact et laissez reposer au moins 2 heures au réfrigérateur avant utilisation.

⑤ LES PISTACHES SABLÉES

1

2

1 Dans une casserole, mélangez les pistaches et le sucre. Faites chauffer à feu doux.

2 Remuez sans arrêt les pistaches avec une cuillère en bois jusqu'à ce qu'elles soient bien enrobées de sucre.

3

4

3 Étalez-les alors immédiatement sur un marbre ou une planche à découper.

4 Lorsqu'elles ont refroidi, broyez-les à l'aide d'un couteau.

⑥ LE MONTAGE

1 Coupez les éclairs aux deux tiers et videz-les de leur mie.

2 Coupez les 10 fraises en tranches, réservez-les ; coupez 125 g de fraises en tout petits morceaux de manière à réaliser un minestrone.

3 Mélangez ce minestrone au coulis de fraises à la fleur d'oranger préparé précédemment.

4 Remplissez les éclairs de cette préparation.

5

5 Sortez la ganache pistache du réfrigérateur et fouettez-la jusqu'à ce qu'elle soit aérienne et épaisse.

6

6 Remplissez-en la poche à douille, répartissez des petits dômes de ganache sur toute la longueur de l'éclair, de manière à recouvrir le minestrone de fraises.

7

7 Répartissez des tranches de fraise aux intersections de la ganache.

8

8 Complétez la décoration avec des pistaches torréfiées et des feuilles de menthe fraise.

ÉCLAIRS FRAMBOISE

INGRÉDIENTS POUR 10 ÉCLAIRS

① LA CRÈME FRAMBOISE
② LE GLAÇAGE FRAMBOISE
③ LA PÂTE À CHOUX
④ LE DÉCOR
⑤ LE MONTAGE

① LA CRÈME FRAMBOISE

3 G DE GÉLATINE EN POUDRE + 18 G D'EAU FROIDE

65 G DE SUCRE

210 G DE PURÉE DE FRAMBOISE

1 ŒUF + 4 JAUNES

80 G DE BEURRE

② LE GLAÇAGE FRAMBOISE

6 G DE GÉLATINE EN POUDRE + 36 G D'EAU FROIDE

150 G DE CRÈME LIQUIDE ENTIÈRE

60 G DE GLUCOSE

180 G DE PÂTE À GLACER BLANCHE

QUELQUES GOUTTES DE COLORANT ROUGE

③ LA PÂTE À CHOUX

250 G DE PÂTE À CHOUX (VOIR RECETTE PAGE 20)

④ LE DÉCOR

100 G DE FRAMBOISES DÉSHYDRATÉES

QUELQUES PINCÉES DE POUDRE SCINTILLANTE RUBIS

1 THERMOMÈTRE DE CUISSON

1 MIXEUR PLONGEANT

TEMPS DE PRÉPARATION

40 MINUTES (LA VEILLE)
2 HEURES (LE LENDEMAIN)

Préparez la crème framboise et le glaçage framboise la veille.

① LA CRÈME FRAMBOISE

Mettez la gélatine à fondre dans l'eau bien froide. Réservez.

1 Versez la purée de framboise dans une casserole et faites chauffer sur feu moyen.

2 Pendant ce temps, mélangez tous les œufs et le sucre.

3 Versez petit à petit ce mélange sur la purée de framboise, sans cesser de remuer.

4 Laissez cuire jusqu'à atteindre 82 °C. Ajoutez la gélatine, remuez, puis débarrassez dans un saladier.

5

6

5 6 Incorporez le beurre et mixez jusqu'à ce que la préparation soit parfaitement homogène.

7

7 Versez dans un récipient à fond plat, filmez au contact et réservez au frais.

② LE GLAÇAGE FRAMBOISE

Mettez la gélatine à fondre dans l'eau bien froide. Réservez.
Faites bouillir la crème avec le glucose, puis incorporez la gélatine.

1

2

3

1 2 3 Versez le tout sur la pâte à glacer légèrement fondue au préalable. Mélangez, puis mixez en ajoutant successivement un peu de colorant, jusqu'à obtention d'une couleur tirant sur le rouge.

Filmez au contact et réservez au frais jusqu'au lendemain.

③ LA PÂTE À CHOUX

Préparez la pâte à choux et faites cuire les éclairs en suivant les étapes 1 à 11 pages 21 à 23 et 1 à 4 page 25.

④ LE DÉCOR

Mélangez les framboises déshydratées coupées en morceaux et quelques pincées de poudre scintillante rubis.

⑤ LE MONTAGE

Faites des trous sur la base des éclairs en vous aidant de l'extrémité d'une douille.
Sortez la crème à la framboise du réfrigérateur et, à l'aide d'une Maryse, garnissez-en la poche à douille.

1 Remplissez chaque éclair, en insérant un peu de crème dans chaque trou. À l'aide d'un petit couteau, lissez le surplus de crème qui dépasse des trous (voir technique page 38).

Sortez le glaçage du réfrigérateur, réchauffez-le jusqu'à ce qu'il atteigne 32 °C et mixez.

2 **3** Trempez les éclairs dans le glaçage et retirez le surplus avec le doigt.

4 Prélevez quelques morceaux de framboises enrobés de scintillant rubis, puis répartissez-les sur chaque éclair.

ÉCLAIRS FRAMBOISE-PASSION

INGRÉDIENTS POUR 10 ÉCLAIRS

① LA CRÈME PASSION
② LA PÂTE À CHOUX
③ LES GRAINES DE FRUITS SÉCHÉES
④ LA PÂTE D'AMANDE-PASSION
⑤ LE MONTAGE
⑥ LE DÉCOR

① LA CRÈME PASSION

2 G DE GÉLATINE EN POUDRE + 12 G D'EAU FROIDE
7 FRUITS DE LA PASSION (100 G DE JUS)
10 G DE JUS DE CITRON
2 ŒUFS
85 G DE SUCRE
155 G DE BEURRE

② LA PÂTE À CHOUX

250 G DE PÂTE À CHOUX (VOIR RECETTE PAGE 20)

④ LA PÂTE D'AMANDE-PASSION

200 G DE PÂTE D'AMANDE
UN PEU DE COLORANT ORANGE
UN PEU DE SUCRE GLACE

⑤ LE MONTAGE

200 G DE NAPPAGE NEUTRE
1 PETIT POT DE POUDRE PAILLETÉE OR

⑥ LE DÉCOR

10 FRAMBOISES
UN PEU DE GELÉE DE FRAMBOISES

1 THERMOMÈTRE DE CUISSON
1 PASSOIRE À GROSSES MAILLES
1 MIXEUR PLONGEANT
1 FEUILLE DE PAPIER CARTONNÉ
1 ROBOT
2 RÉGLETTES DE 2 MM D'ÉPAISSEUR
1 PASSETTE
1 ROULEAU À PÂTISSERIE
1 SPATULE PLATE
1 PINCEAU PLAT
1 MINI-POCHE À DOUILLE

TEMPS DE PRÉPARATION

40 MINUTES (LA VEILLE)
2 HEURES (LE LENDEMAIN)

Préparez la crème Passion la veille.

① LA CRÈME PASSION

Mettez la gélatine à fondre dans l'eau bien froide. Réservez.

1 Coupez les fruits de la Passion en deux et prélevez la pulpe.

2 **3** Passez la pulpe à travers une passette afin de récupérer le jus. Conservez les graines qui vous serviront pour le décor.

4 **5** **6** Dans un cul-de-poule, versez les jus de fruit (passion et citron), incorporez les œufs battus, la gélatine et le sucre.

7

7 Faites chauffer le tout au bain-marie jusqu'à ce que la préparation atteigne 82 °C.

8

8 Sortez du bain-marie, laissez refroidir. Lorsque la préparation est à 40 °C, incorporez le beurre en morceaux.

9

9 Mixez afin d'obtenir un mélange parfaitement homogène.

10

10 Débarrassez dans un récipient à fond plat. Filmez au contact et réservez au frais.

② LA PÂTE À CHOUX

Préparez la pâte à choux et faites cuire les éclairs en suivant les étapes 1 à 11 pages 21 à 23 et 1 à 4 page 25.

③ LES GRAINES DE FRUIT SÉCHÉES

1 Récupérez les graines des fruits de la Passion et étalez-les sur une feuille de papier sulfurisé. Placez le tout sur une plaque allant au four et enfournez durant 45 minutes à 120 °C. Lorsque les graines sont sèches, passez-les à travers une passoire à grosses mailles et frottez-les à l'aide d'une Maryse afin d'ôter leur enveloppe. Réservez les graines ainsi prélevées.

④ LA PÂTE D'AMANDE-PASSION

Dans la feuille de papier cartonné, découpez un gabarit d'une taille équivalente à celle de l'éclair (en longueur et en largeur).

1 Dans le bol du robot, mettez la pâte d'amande et un peu de colorant orange.

2 Faites tourner et ajoutez du colorant si nécessaire, jusqu'à atteindre la teinte désirée.

3

4

3 **4** Placez la pâte d'amande entre les deux réglettes de 2 mm d'épaisseur, saupoudrez-la de sucre glace pour éviter qu'elle ne colle, puis étalez-la à l'aide d'un rouleau à pâtisserie.

5

6

5 À l'aide d'un couteau et du gabarit, découpez autant de formes que vous avez d'éclairs. Pour décoller la pâte d'amande, aidez-vous d'une spatule plate.

6 Sur chaque forme, déposez quelques graines de fruits de la Passion ; appuyez légèrement sur chaque graine afin qu'elle adhère bien à la pâte.

⑤ LE MONTAGE

Faites des trous sur la base des éclairs en vous aidant de l'extrémité d'une douille.
Sortez la crème Passion du réfrigérateur et, à l'aide d'une Maryse, garnissez-en la poche à douille.
Remplissez chaque éclair, en insérant un peu de crème dans chaque trou. À l'aide d'un petit couteau, lissez le surplus de crème qui dépasse des trous (voir technique page 38).

1

2

3

1 Trempez le pinceau dans le nappage préalablement chauffé et enduisez de cette préparation les abaisses de pâte d'amande, du côté inverse de celui sur lequel vous avez placé les graines.

2 Déposez une abaisse sur chaque éclair, partie enduite de nappage contre l'éclair.

3 Versez un peu de poudre scintillante dans le nappage et remuez à l'aide du pinceau.

4 5 Trempez les abaisses des éclairs dans le nappage scintillant, puis retirez le surplus au pinceau.

6 En vous aidant de la pointe d'un couteau, déposez aux deux tiers de chaque éclair 1 framboise, côté vide vers le haut.

7 À l'aide d'une mini-poche à douille remplie de gelée de framboise, remplissez le trou de chaque fruit.

ÉCLAIRS CARAMEL-GAVOTTE

INGRÉDIENTS POUR 10 ÉCLAIRS

① LA CRÈME CARAMEL-CHOCOLAT

② LE GLAÇAGE LAIT

③ LA PÂTE À CHOUX

④ LE DÉCOR

⑤ LE MONTAGE

① LA CRÈME CARAMEL-CHOCOLAT

2 G DE GÉLATINE EN POUDRE + 12 G D'EAU FROIDE

130 G DE SUCRE

160 G DE CRÈME LIQUIDE ENTIÈRE

4 G DE FLEUR DE SEL

75 G DE BEURRE

60 G DE CHOCOLAT NOIR (60 % DE CACAO)

270 G DE MASCARPONE

② LE GLAÇAGE LAIT

4 G DE GÉLATINE EN POUDRE + 24 G D'EAU FROIDE

50 G DE GLUCOSE

120 G DE CRÈME LIQUIDE ENTIÈRE

150 G DE CHOCOLAT AU LAIT JIVARA (VALRHONA®)

150 G DE PÂTE À GLACER BLONDE

③ LA PÂTE À CHOUX

250 G DE PÂTE À CHOUX (VOIR RECETTE PAGE 20)

④ LE DÉCOR

1 PETIT POT DE POUDRE SCINTILLANTE BRONZE

10 GAVOTTES ENROBÉES DE CHOCOLAT AU LAIT

1 MIXEUR PLONGEANT

1 THERMOMÈTRE DE CUISSON

1 PASSOIRE

1 GROS PINCEAU ROND

TEMPS DE PRÉPARATION
40 MINUTES (LA VEILLE)
2 HEURES (LE LENDEMAIN)

Préparez la crème caramel-chocolat et le glaçage lait la veille.

① LA CRÈME CARAMEL-CHOCOLAT

Mettez la gélatine à fondre dans l'eau bien froide. Réservez.

1

2

3

1 2 3 Préparez le caramel en mettant à chauffer la moitié du sucre dans une casserole sur feu moyen. Lorsque celui-ci devient brun, versez le reste de sucre et remuez avec une cuillère en bois jusqu'à ce que le caramel soit uniformément brun.

4

5

4 5 Pendant ce temps, faites chauffer la crème avec la fleur de sel sur feu moyen. Versez-la sur le caramel et donnez un bouillon.

6

7

8

9

6 7 8 9 Hors du feu, ajoutez le beurre, la gélatine, puis le chocolat, et mixez jusqu'à ce que la préparation soit parfaitement homogène.

10

11

10 11 Laissez la préparation refroidir. Lorsque sa température est descendue à 45 °C, versez-en une partie sur le mascarpone et mélangez.

12

13

12 13 Complétez avec le reste de caramel et mélangez au fouet.

Filmez au contact et réservez au frais.

② LE GLAÇAGE LAIT

Mettez la gélatine à fondre dans l'eau bien froide. Réservez.

1 Versez le glucose et la crème dans une casserole et faites chauffer sur feu moyen.

2 Incorporez la gélatine.

3 Tout en remuant à l'aide d'un fouet, versez petit à petit cette préparation sur le mélange chocolat et pâte à glacer préalablement fondus.

4 Mixez jusqu'à obtention d'un mélange lisse et brillant.

Filmez au contact et réservez au frais.

③ LA PÂTE À CHOUX

Préparez la pâte à choux et faites cuire les éclairs en suivant les étapes 1 à 11 pages 21 à 23 et 1 à 4 page 25.

④ LE DÉCOR

1

2

1 Versez un peu de poudre scintillante bronze dans une coupelle et, à l'aide d'un gros pinceau rond, badigeonnez-en les gavottes.

2 Coupez chaque gavotte en 3 morceaux de taille à peu près égale.

⑤ LE MONTAGE

Faites des trous sur la base des éclairs en vous aidant de l'extrémité d'une douille.
Sortez la crème caramel-chocolat du réfrigérateur et, à l'aide d'une Maryse, garnissez-en la poche à douille. Remplissez chaque éclair, en insérant un peu de crème dans chaque trou. À l'aide d'un petit couteau, lissez le surplus de crème qui dépasse des trous (voir technique page 38).

Sortez le glaçage du réfrigérateur et faites-le chauffer au bain-marie jusqu'à ce qu'il soit à 32 °C. Mixez-le.

1

2

3

1 2 Trempez chaque éclair dans le glaçage et retirez le surplus avec le doigt.

Laissez les éclairs reposer au frais pendant 10 minutes afin que le glaçage durcisse.

3 Répartissez 3 morceaux de gavotte sur chaque éclair.

ÉCLAIRS MIX NOISETTE

INGRÉDIENTS POUR 10 ÉCLAIRS

① LA GANACHE LAIT-NOISETTES
② LA PÂTE À CHOUX
③ LE CARAMEL MOU
④ LES NOISETTES CARAMÉLISÉES
⑤ LE SPONGE CAKE NOISETTE
⑥ LE MONTAGE

① LA GANACHE LAIT-NOISETTES

2 G DE GÉLATINE EN POUDRE
+ 12 G D'EAU FROIDE

335 G DE CRÈME LIQUIDE ENTIÈRE

10 G DE GLUCOSE

120 G DE CHOCOLAT AU LAIT
JIVARA (VALRHONA®)

30 G DE PRALINÉ NOISETTE

② LA PÂTE À CHOUX

250 G DE PÂTE À CHOUX
(VOIR RECETTE PAGE 20)

③ LE CARAMEL MOU

40 G DE CRÈME LIQUIDE ENTIÈRE

1 PINCÉE DE FLEUR DE SEL

20 G DE GLUCOSE

80 G DE SUCRE

65 G DE BEURRE

65 G DE SUCRE PÉTILLANT ENROBÉ
DE CHOCOLAT

④ LES NOISETTES CARAMÉLISÉES

100 G DE NOISETTES

50 G DE SUCRE GLACE

⑤ LE SPONGE CAKE NOISETTE

20 G DE POUDRE DE NOISETTE

5 G DE FARINE T55

20 G DE SUCRE

1 ŒUF BATTU

1 CUILLERÉE À CAFÉ D'HUILE DE
PÉPINS DE RAISIN

1 MIXEUR PLONGEANT

1 BATTEUR ÉLECTRIQUE

2 GOBELETS EN PLASTIQUE

1 PETITE SPATULE COUDÉE

1 RÂPE

TEMPS DE PRÉPARATION
1 HEURE (LA VEILLE)
2 HEURES (LE LENDEMAIN)

Préparez la ganache lait-noisettes la veille.

① LA GANACHE LAIT-NOISETTES

Mettez la gélatine à fondre dans l'eau bien froide. Réservez.

1

2

1 2 Versez la crème dans une casserole, ajoutez le glucose et portez le tout à ébullition sur feu moyen.

3

4

3 Hors du feu, versez la gélatine.
Remuez jusqu'à ce que le mélange soit homogène.

4 Mettez le chocolat au lait et le praliné noisette dans un saladier ; versez dessus la préparation réalisée précédemment.

5 **6** Mélangez au fouet, puis mixez.

7 Débarrassez dans un récipient, filmez au contact et réservez.

② LA PÂTE À CHOUX

Préparez la pâte à choux et faites cuire les éclairs en suivant les étapes 1 à 11 pages 21 à 23 et 1 à 4 page 25.

③ LE CARAMEL MOU

Pour préparer le caramel, suivez les étapes 1 à 7 du glaçage caramel avec les quantités du caramel mou, pages 95 à 96.
Vous ajouterez le sucre pétillant enrobé de chocolat dans l'étape 3 (page 167) du montage.

④ LES NOISETTES CARAMÉLISÉES

Dans une casserole, mélangez les noisettes et le sucre. Faites chauffer à feu doux.

1 Remuez sans arrêt les noisettes avec une cuillère en bois jusqu'à ce qu'elles soient bien enrobées de caramel.

2 Étalez-les alors immédiatement sur un marbre ou une planche à découper. Séparez-les les unes des autres pendant qu'elles sont encore chaudes.

⑤ LE SPONGE CAKE NOISETTE

1 Tamisez la poudre de noisette, la farine et le sucre au-dessus d'un cul-de-poule, puis ajoutez l'œuf, tout en remuant au batteur électrique.

2 Continuez à fouetter une bonne minute à vitesse maximale, puis versez l'huile de pépins de raisin en filet.

3 Remplissez de ce mélange un tiers de chaque gobelet. Mettez-les à cuire au four à micro-ondes pendant 20 secondes, à 850 W. Le contenu doit monter jusqu'en haut du gobelet.

4 Dès leur sortie du four à micro-ondes, retournez les gobelets et laissez refroidir. Réservez.

⑥ LE MONTAGE

1 **2** Coupez les éclairs aux deux tiers et videz-les de leur mie.

Prélevez l'équivalent d'une petite poche à douille de caramel mou, il vous servira à décorer les éclairs une fois qu'ils auront été garnis.

Prélevez un peu de caramel pour la finition des éclairs.

3 Dans le reste du caramel, incorporez le sucre pétillant enrobé de chocolat.

4 Remplissez une poche de ce mélange et garnissez-en la moitié de chaque éclair.

5 Fouettez la ganache jusqu'à obtenir une préparation ferme.

6 Remplissez-en une poche munie d'une douille de 1 cm de diamètre et garnissez chaque éclair à ras bord.

7 À l'aide d'une spatule, lissez la ganache pour obtenir une surface bien plane.

8 Déposez dessus, côte à côte, deux boudins de ganache.

9 À l'aide de la poche garnie du caramel mou que vous avez préalablement réservé, déposez un trait au centre des deux boudins de ganache.

10 Coupez les noisettes en deux.

11 Démoulez les sponge cakes.

12 Coupez les sponge cakes en petits morceaux.

13 Répartissez des morceaux de noisette et de sponge cake au sommet de chaque éclair.

14 Terminez en râpant des noisettes au-dessus des éclairs afin de les recouvrir d'une fine couche de poudre de noisettes caramélisées.

ÉCLAIRS PISTACHE-ORANGE

INGRÉDIENTS POUR 10 ÉCLAIRS

① LA PÂTE DE PISTACHE

② LA CRÈME PISTACHE

③ LA PÂTE À CHOUX

④ LA PÂTE D'AMANDE À LA PISTACHE

⑤ LE NAPPAGE SCINTILLANT VERT

⑥ LE MONTAGE ET LE DÉCOR

① LA PÂTE DE PISTACHE

60 G DE PISTACHES ÉMONDÉES

10 G D'HUILE DE PÉPINS DE RAISIN

② LA CRÈME PISTACHE

2 G DE GÉLATINE EN POUDRE + 12 G D'EAU FROIDE

265 G DE LAIT ENTIER

1 ORANGE

1 JAUNE D'ŒUF

40 G DE SUCRE

14 G DE MAÏZENA®

14 G DE PÂTE DE PISTACHE MAISON

80 G DE BEURRE DOUX

③ LA PÂTE À CHOUX

250 G DE PÂTE À CHOUX (VOIR RECETTE PAGE 20)

④ LA PÂTE D'AMANDE À LA PISTACHE

130 G DE PÂTE D'AMANDE 50 %

10 G DE PÂTE DE PISTACHE

QUELQUES GOUTTES DE COLORANT VERT

SUCRE GLACE

⑤ LE NAPPAGE SCINTILLANT VERT

200 G DE NAPPAGE NEUTRE

COLORANT VERT EN POUDRE

1 CUILLERÉE À SOUPE RASE DE SCINTILLANT OR

⑥ LE MONTAGE ET LE DÉCOR

UN PEU DE NAPPAGE NEUTRE

QUELQUES CUBES D'ORANGE CONFITE

POUDRE DE PISTACHE

1 CHINOIS

1 ROBOT

1 RÂPE

1 THERMOMÈTRE DE CUISSON

2 RÈGLES EN ACIER DE 2 MM D'ÉPAISSEUR

1 PASSOIRE

1 ROULEAU À PÂTISSERIE

1 PALETTE COUDÉE

1 MIXEUR PLONGEANT

1 FEUILLE DE PAPIER BRISTOL

1 PINCEAU PLAT ET LARGE

TEMPS DE PRÉPARATION : 2 HEURES

① LA PÂTE DE PISTACHE

Préchauffez le four à 160 °C. Déposez les pistaches sur une plaque et enfournez-les environ 10 minutes, jusqu'à ce que leur cœur devienne légèrement brun.

1

2

3

1 Sortez les pistaches du four et laissez-les refroidir.

2 3 Versez les pistaches dans le bol du robot, mixez jusqu'à les transformer en poudre fine.

4

5

4 5 Ajoutez l'huile et mixez de nouveau afin d'obtenir une pâte.

Débarrassez dans un récipient et réservez au frais jusqu'à utilisation.

② LA CRÈME PISTACHE

Mettez la gélatine à fondre dans l'eau bien froide. Réservez.

1 **2** Faites bouillir le lait, puis incorporez le zeste de l'orange. Hors du feu, filmez la casserole et laissez infuser 10 minutes.

3 Pendant ce temps, mélangez les jaunes d'œufs, le sucre et la Maïzena®.

4 Fouettez pour obtenir une préparation onctueuse et ferme.

5 Versez le lait sur le précédent mélange, en le passant à travers une passette, pour récupérer les zestes.

6 Remettez le tout dans une casserole et portez à ébullition.

7

8

9

7 Hors du feu, incorporez la gélatine et remuez.

8 9 Versez cette préparation sur la pâte de pistache et mélangez bien.

10

11

12

10 11 12 Lorsque le mélange est descendu à 40 °C, incorporez le beurre en morceaux. Mixez, puis débarrassez dans un récipient plat. Filmez au contact et réservez au frais.

③ LA PÂTE À CHOUX

Préparez la pâte à choux et faites cuire les éclairs en suivant les étapes 1 à 11 pages 21 à 23 et 1 à 4 page 25.

④ LA PÂTE D'AMANDE À LA PISTACHE

1

1 Mettez la pâte d'amande coupée en cubes dans le bol du robot muni de la feuille et ajoutez un peu de colorant vert.

2 3 Mélangez jusqu'à obtenir une pâte homogène. Ajoutez la pâte de pistache et si besoin, du colorant afin que le mélange prenne une couleur vert vif.

2

3

4 Saupoudrez le plan de travail et la pâte d'amande de sucre glace. Posez les deux règles parallèlement à environ 20 cm de distance. Mettez la pâte d'amande au centre.

5 À l'aide du rouleau à pâtisserie, étalez la pâte à l'épaisseur (2 mm) des règles.

6 À l'aide de la palette coudée, décollez la pâte du plan de travail.

7 Dans le papier bristol, découpez une forme d'une taille légèrement inférieure à celle des éclairs que vous avez réalisés. Déposez ce gabarit sur la pâte d'amande étalée, puis découpez autant de formes que vous avez d'éclairs.

⑤ LE NAPPAGE SCINTILLANT VERT

1 Faites chauffer le nappage neutre sur feu moyen jusqu'à ce qu'il soit lisse, sans grumeaux, puis incorporez assez de colorant pour que la préparation soit d'un vert bien dense.

2 **3** Ajoutez ensuite le scintillant or et mixez. Réservez à température ambiante.

⑥ LE MONTAGE

Faites des trous sur la base des éclairs en vous aidant de l'extrémité d'une douille.
Sortez la crème à la pistache du réfrigérateur et, à l'aide d'une Maryse, garnissez-en la poche à douille.
Remplissez chaque éclair, en insérant un peu de crème dans chaque trou. À l'aide d'un petit couteau, lissez le surplus de crème qui dépasse des trous (voir technique page 38).

1

2

1 Faites légèrement chauffer le nappage neutre au four à micro-ondes, puis, à l'aide du pinceau, badigeonnez-en chaque forme de pâte d'amande.

2 Déposez la face nappée sur l'éclair. Insistez légèrement sur les bords de la pâte d'amande pour la faire adhérer à l'éclair.

3 Faites légèrement réchauffer le nappage scintillant vert, puis trempez dedans chaque éclair.

3

4 Retirez le surplus de nappage en le frottant légèrement avec le pinceau.

5 Décorez chaque éclair d'une rangée de cubes d'orange confite, bordée d'un peu de poudre de pistache.

ÉCLAIR ROUGE BAISER

INGRÉDIENTS POUR 10 ÉCLAIRS

① LA CRÈME AU CHOCOLAT
② LA PÂTE À CHOUX
③ LA COMPOTÉE DE FRAMBOISES
④ LES FORMES EN PÂTE D'AMANDE
⑤ LE NAPPAGE
⑥ LE MONTAGE

① LA CRÈME AU CHOCOLAT

2 JAUNES D'ŒUFS
30 G DE SUCRE
15 G DE MAÏZENA®
180 G DE LAIT ENTIER
40 G DE CRÈME LIQUIDE ENTIÈRE
70 G DE CHOCOLAT NOIR
40 G DE BEURRE

② LA PÂTE À CHOUX

250 G DE PÂTE À CHOUX (VOIR RECETTE PAGE 20)

③ LA COMPOTÉE DE FRAMBOISES

170 DE FRAMBOISES FRAÎCHES
35 G DE SUCRE
2 G DE PECTINE DE FRUITS

④ LES FORMES EN PÂTE D'AMANDE

150 G DE PÂTE D'AMANDE
COLORANT ROUGE EN POUDRE
SUCRE GLACE

⑤ LE NAPPAGE

100 G DE NAPPAGE NEUTRE
COLORANT ROUGE EN POUDRE
SCINTILLANT ARGENT

1 MIXEUR PLONGEANT
1 BLENDER
2 RÈGLES EN ACIER DE 2 MM D'ÉPAISSEUR
1 THERMOMÈTRE DE CUISSON
1 ROBOT
1 ROULEAU À PÂTISSERIE
1 PALETTE COUDÉE
1 PINCEAU
1 PASSOIRE
1 FEUILLE DE PAPIER BRISTOL

TEMPS DE PRÉPARATION
40 MINUTES (LA VEILLE)/ 1 HEURE (LE LENDEMAIN)

Préparez la crème au chocolat la veille.

① LA CRÈME AU CHOCOLAT

1 Mélangez les jaunes d'œufs, le sucre et la Maïzena®. Fouettez le tout jusqu'à ce que le mélange blanchisse.

2 Dans une casserole, portez à ébullition le lait et la crème. Versez un peu de ce mélange sur les œufs pour éviter qu'ils ne cuisent, fouettez, puis remettez le tout dans la casserole avec le reste de lait et de crème.

3 Faites chauffer sur feu moyen jusqu'au bouillon, tout en remuant, jusqu'à obtenir une consistance assez épaisse.

4 Dans un bol, mettez le chocolat. Ajoutez la crème que vous venez de préparer et fouettez jusqu'à ce que le chocolat soit fondu et le mélange homogène.

5 Lorsque la crème atteint 40 °C, ajoutez le beurre en morceaux et mixez cette crème jusqu'à ce qu'elle soit lisse et brillante.
Filmez au contact et réservez au frais jusqu'à utilisation.

② LA PÂTE À CHOUX

Préparez la pâte à choux et faites cuire les éclairs en suivant les étapes 1 à 11 pages 21 à 23 et 1 à 4 page 25.

③ LA COMPOTÉE DE FRAMBOISES

Mettez les framboises dans un blender et réduisez-les en purée.

1

2

1 Versez cette purée dans une casserole avec deux tiers du sucre, faites chauffer jusqu'à atteindre 60 °C, puis ajoutez le reste du sucre et la pectine que vous aurez mélangés au préalable.

2 Donnez un bouillon et versez aussitôt dans un récipient.
Filmez au contact et gardez au frais jusqu'à utilisation.

④ LES FORMES EN PÂTE D'AMANDE

1

2

1 Mettez la pâte d'amande coupée en cubes dans le bol du robot muni de la feuille, puis ajoutez un peu de colorant rouge.

2 Mélangez à vitesse moyenne jusqu'à obtention d'une pâte homogène. Rajoutez, si besoin, du colorant afin que le mélange prenne une couleur rouge vif.

3

4

3 Saupoudrez le plan de travail de sucre glace. Posez les deux règles parallèlement à environ 20 cm de distance. Déposez la pâte d'amande au centre et saupoudrez-la de sucre glace.

4 À l'aide du rouleau à pâtisserie, étalez la pâte à l'épaisseur des règles.

5 Avec la palette coudée, décollez la pâte du plan de travail.

6 Dans le papier bristol, découpez une forme d'une taille légèrement inférieure à celle des éclairs que vous avez réalisés. Déposez ce gabarit sur la pâte d'amande étalée, puis découpez autant de formes que vous avez d'éclairs.

⑤ LE NAPPAGE

1 Faites chauffer sur feu moyen le nappage jusqu'à ce qu'il soit lisse, sans grumeaux, puis ajoutez assez de colorant pour que la préparation soit d'un rouge bien dense.

2 Versez ensuite le scintillant argent et mélangez. Réservez à température ambiante.

⑥ LE MONTAGE

1 À l'aide d'une douille fine, percez le dessus des éclairs. Puis, sortez la crème au chocolat du réfrigérateur.

2 A l'aide d'une Maryse, remplissez la poche à douille de crème au chocolat (voir technique page 38).
Garnissez les éclairs sans trop les remplir, car il doit rester assez de place à l'intérieur pour insérer un peu de compotée de framboises.

3 Remuez la compotée de framboises à l'aide d'un fouet.

4 Garnissez-en la poche à douille.

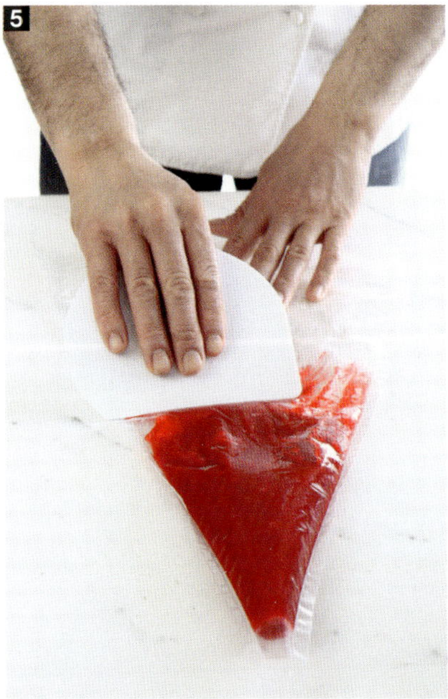

5 Avec une corne, répartissez bien la purée de framboise au fond de la poche à douille.

6 Complétez chaque éclair avec la garniture aux framboises et ôtez l'excédent de crème.

7 Faites légèrement chauffer le nappage au micro-ondes, puis, à l'aide d'un pinceau, badigeonnez-en chaque forme de pâte d'amande.

8 Déposez la face nappée sur l'éclair.

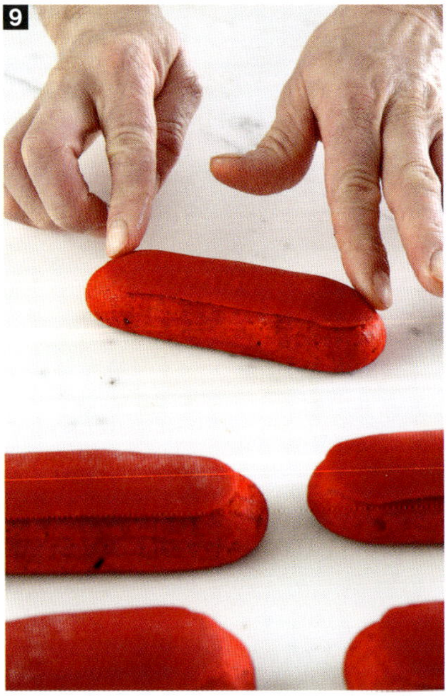

9 Insistez légèrement sur les bords de la pâte pour la faire adhérer à l'éclair.

10 Réchauffez légèrement le nappage et trempez dedans chaque éclair. Lissez-le à l'aide d'un doigt.

ÉCLAIRS VANILLE

INGRÉDIENTS POUR 10 ÉCLAIRS

① LE GLAÇAGE VANILLE

② LA CRÈME VANILLE

③ LA PÂTE À CHOUX

④ LES NOIX DE PÉCAN CARAMÉLISÉES

⑤ LE MONTAGE

① LE GLAÇAGE VANILLE

5 G DE GÉLATINE EN POUDRE + 30 G D'EAU FROIDE

2 GOUSSES DE VANILLE

125 G DE CRÈME LIQUIDE ENTIÈRE

50 G DE GLUCOSE

150 G DE CHOCOLAT BLANC (VALRHONA®)

150 G DE PÂTE À GLACER BLANCHE

5 G D'OXYDE DE TITANE (EN PHARMACIE)

② LA CRÈME VANILLE

2 GOUSSES DE VANILLE

310 G DE LAIT ENTIER

2 JAUNES D'ŒUFS

60 G DE SUCRE

20 G DE MAÏZENA®

95 G DE BEURRE

③ LA PÂTE À CHOUX

250 G DE PÂTE À CHOUX (VOIR RECETTE PAGE 20)

④ LES NOIX DE PÉCAN CARAMÉLISÉES

100 G DE NOIX DE PÉCAN HACHÉES

50 G DE SUCRE GLACE

1 MIXEUR PLONGEANT

1 THERMOMÈTRE DE CUISSON

1 PASSOIRE FINE

TEMPS DE PRÉPARATION
30 MINUTES (LA VEILLE)
2 HEURES (LE LENDEMAIN)

Préparez le glaçage vanille la veille.

① LE GLAÇAGE VANILLE

Mettez la gélatine à fondre dans l'eau bien froide.

1

2

1 Fendez les gousses de vanille en deux et râclez l'intérieur avec la pointe d'un couteau pour extraire les graines.

2 Faites bouillir la crème avec le glucose, incorporez les gousses de vanille et les graines.

3

4

3 4 Hors du feu, couvrez la casserole avec du film alimentaire et laissez infuser 20 minutes. Puis incorporez la gélatine.

5 Filtrez le tout à travers une passette, en frottant les gousses avec un fouet afin de récupérer le plus de graines de vanille possible.

6 Versez petit à petit cette préparation sur le mélange chocolat blanc et pâte à glacer préalablement fondus.

7 Mélangez et mixez en ajoutant l'oxyde de titane.
Filmez au contact et réservez au frais.

② LA CRÈME VANILLE

Fendez les gousses de vanille en deux et râclez l'intérieur avec la pointe d'un couteau pour extraire les graines. Faites bouillir le lait sur feu fort, incorporez les gousses de vanille et les graines.

1 **2** Couvrez la casserole avec du film alimentaire, laissez infuser 20 minutes et ôtez les gousses.

3 Mélangez les jaunes d'œufs et le sucre. Ajoutez la Maïzena®.

4 5 Versez une partie du lait sur ce mélange, puis versez le tout dans la casserole.

6 7 Faites chauffer sur feu moyen et laissez bouillir 1 minute, en fouettant sans arrêt jusqu'à obtention d'une crème pâtissière.

8

9

8 9 10 Laissez refroidir la crème. Lorsque sa température est descendue à 40 °C, incorporez le beurre en morceaux, puis mixez.

10

11

11 Versez la crème dans un récipient à fond plat, filmez au contact et réservez au moins 2 heures au frais (le mieux étant, si possible, de le faire la veille).

③ LA PÂTE À CHOUX

Préparez la pâte à choux et faites cuire les éclairs en suivant les étapes 1 à 11 pages 21 à 23 et 1 à 4 page 25.

④ LES NOIX DE PÉCAN CARAMÉLISÉES

1

1 Dans une casserole, mélangez les noix de pécan et le sucre glace. Faites chauffer à feu doux.

Remuez sans arrêt les noix de pécan avec une spatule jusqu'à ce qu'elles soient bien enrobées de caramel.

2 **3** Étalez-les alors immédiatement sur un marbre ou une planche à découper. Laissez-les refroidir et séparez-les.

2

3

⑤ LE MONTAGE

Sortez la crème vanille du réfrigérateur et réchauffez-la au bain-marie.
Faites des trous sur la base des éclairs en vous aidant de l'extrémité d'une douille.

1 À l'aide d'une Maryse, garnissez la poche à douille de crème vanille. Remplissez chaque éclair, en insérant un peu de crème dans chaque trou.

2 Avec un petit couteau, lissez le surplus de crème qui dépasse des trous.

3 Faites fondre le glaçage au bain-marie jusqu'à ce qu'il atteigne 32 °C, puis mixez-le pour le rendre lisse et brillant.

4 **5** Trempez dedans chaque éclair, retirez le surplus avec le doigt et mettez-les une dizaine de minutes au réfrigérateur pour que le glaçage durcisse.

6 Répartissez quelques morceaux de noix de pécan sur la surface de l'éclair.

ANNEXES

ANNEXES

INDEX PAR INGRÉDIENTS

INDEX PAR INGRÉDIENTS

LES ADRESSES DE L'ÉCLAIR DE GÉNIE

L'Éclair de génie
14, rue Pavée
75004 PARIS

La Fabrique
32, rue Notre-Dame-des-Victoires
75002 PARIS

L'Éclair de génie
au Lafayette Gourmet
48, boulevard Haussmann
75009 PARIS

L'Éclair de génie
13, rue de l'Ancienne-Comédie
75006 PARIS

L'Éclair de génie
122, rue Montmartre
75002 PARIS

DE CHRISTOPHE ADAM AUX ÉDITIONS DE LA MARTINIÈRE

Fauchon

Éclairs !

Tartelettes !

Very Important Pots

Éclair de génie

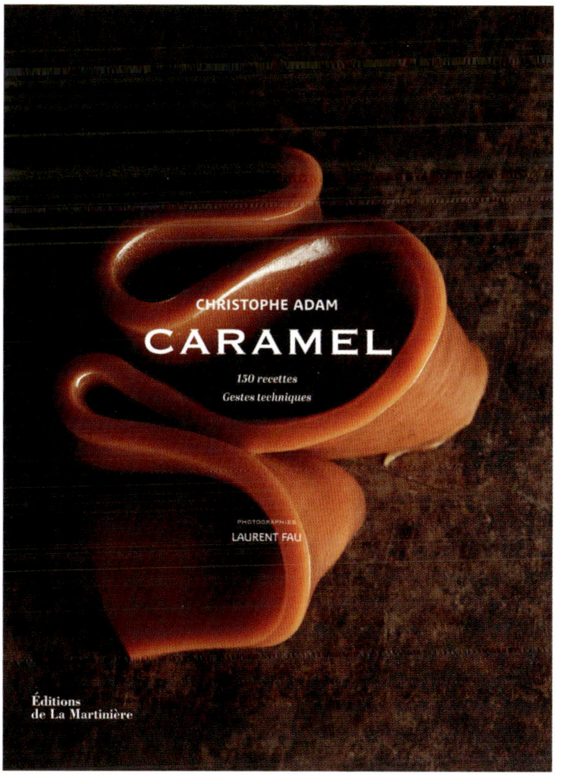

Caramel

*Un immense merci à Jean-Pierre pour son travail,
sa disponibilité et sa bonne humeur.*

*Merci à la team de La Martinière,
tout particulièrement à Laure Aline pour son implication
et à Florence Lecuyer pour sa confiance.*

Un grand merci à Rina pour son œil d'experte et son beau travail.

Et à Marie qui a travaillé sur la rédaction et la relecture.

Merci aussi à Karine pour sa patience et sa bienvaillance.

*Pour finir, j'embrasse tous les membres de mon équipe
de L'éclair de génie pour leur aplomb et leur dynamisme.*

Cet ouvrage a été achevé d'imprimer en juillet 2015
sur les presses de l'imprimerie Pollina à Luçon - L72861
Dépôt légal : septembre 2015
Imprimé en France